OETINGER TASCHENBUCH

Johannes Groschupf

# DAS LÄCHELN DES PANTHERS

Roman

Oetinger Taschenbuch

MIX
Papier aus verantwortungsvollen Quellen
FSC® C014496

Das für dieses Buch verwendete FSC®-zertifizierte
Papier Danube liefert Salzer Papier, St. Pölten, Austria.
Der FSC® ist eine nicht staatliche, gemeinnützige Organisation,
die sich für eine ökologische und sozialverantwortliche
Nutzung unserer Wälder einsetzt.

1. Auflage 2015
Originalausgabe

Umschlaggestaltung: Hauptmann & Kompanie
Werbeagentur, Zürich
Druck: GGP Media GmbH, Pößneck
ISBN 978-3-8415-0349-7

www.oetinger-taschenbuch.de
www.oetinger.de/panther

komm, schwarzer panther, lach noch mal
dann geht die sonne unter
ob sie noch einmal aufgehn wird?
ich glaube nicht an wunder –

komm, schwarzer panther, lach noch mal
vielleicht kann ich dann weinen
um zu vergessen, was mal war
die scherben neu zu leimen
nur noch dein lachen will ich sehn …

RUDOLF KLEHR

# *Prolog*

*Die Schlüterstraße ist eine kleine Seitenstraße am Kurfürstendamm in Berlin. Dort steht ein altes und mächtiges Haus mit grauer Fassade. Ein Schild mit der Leuchtschrift* Hotel Marabu *hängt senkrecht am Haus. Über dem Eingang wölbt sich ein gelber Baldachin, zwei Stufen führen hinauf zum Eingang. Die Lobby ist holzgetäfelt und still.*

*Draußen fahren Autos vorbei, es sind nicht viele, um drei Uhr nachts schläft die Stadt.*

*Alle schlafen.*

*Fast alle.*

*Jemand geht den engen Flur im dritten Stock des Hotels entlang. Vor Zimmer 318 endet der Weg. Eine Hand legt sich auf die Klinke und drückt sie nieder. Die Tür öffnet sich nicht. Sie ist von innen abgeschlossen.*

*Der Nachschlüssel passt perfekt ins Schloss.*

*Jetzt gibt die Tür nach und öffnet sich, doch nur einen Spalt breit.*

*Von innen ist eine Kette vorgelegt.*

*Der Blick wandert durch den Türspalt ins Zimmer hinein, ein katzenhafter Blick, der durch die Dunkelheit tastet. Ein geduldiger Blick, unter dem die Schemen allmählich Gestalt gewinnen.*

*Hinten ein Schreibtisch und ein Kleiderschrank. Über dem Stuhl hängen Jeans, Bluse, Shirt, Pullover. In der Mitte steht ein großes Bett, und darin schläft ein siebzehnjähriges Mädchen, das eben den Kopf hebt, weil es sich gestört fühlt. Kraftvoller Körper, etwas stämmig. Sportlerin. Die dunklen Haare sind zerwühlt, die Augen öffnen sich nur widerwillig.*

*Dieses Mädchen ist Katinka Schwartz, und während sie erwacht, begegnet sie dem fremden Blick.*

*Sie weicht zurück, bis ihr Rücken die Zimmerwand berührt. Ihre Beine schieben sie mit aller Kraft weiter hinauf. Ihre Hände halten sich an der rauen Tapete fest. Rückwärts, wie eine Spinne, tastet sie sich die Wand hinauf, bis sie die Zimmerdecke berührt. Sie möchte schreien.*

*»Sei leise«, sagt eine Stimme, der sie nicht trauen kann. »Alles ist gut. Es wird dir nichts passieren, wenn du erzählst, was du weißt. Lass uns reden.«*

# Kapitel 1

Der Anruf kam am Nachmittag. Seit Tagen hatten Regen, Wind und Sonne gewechselt, eine typische Woche in Schottland, Ende März.

Es war noch so kalt, dass den Spielerinnen während des Trainings die Atemwolken vor dem Mund standen. Trotzdem waren sie draußen und übten Angriffszüge und Verteidigungsläufe. Das Mädchen-Rugbyteam des Internats war berühmt für seine athletischen Spielerinnen, und eine von ihnen war Katinka.

Sie rannte eben los, um Kimberley abzufangen. Katinka spielte in der Defensive und hätte sie decken müssen, als der Pass kam, doch sie war ihr entwischt, und jetzt musste sie sehen, dass sie Kimberley einholte. Sie hatte einen Haken geschlagen, um ihr auszuweichen, als Katinka sie rammen wollte. Sie war wendig und leichtfüßig, aber das würde ihr nicht helfen, denn Katinka war zäh. Sie gab niemals auf.

Kimberley hatte sich den Ball in den Arm gelegt und lief der unteren Torlinie entgegen, sie hatte noch einen weiten Weg vor sich. Außer Katinka folgte ihr niemand mehr. Sie war nicht besonders schnell, außerdem war der Boden vom endlosen Regen aufgeweicht. Katinka rutschte dauernd weg, doch sie rannte sich die Lunge aus dem Leib, um Kimberley einzuholen.

»Lauf, Kat, lauf!«, riefen sie hinter ihr. Katinka tat, was sie konnte, während ihr der Regen kalt ins Gesicht schlug. Das Spielfeld verschwamm vor ihren Augen. Irgendwo da vorn musste ihre Gegnerin sein, Katinka hörte sie rennen.

An der Seitenlinie standen ein paar Zuschauer unter riesigen Regenschirmen und feuerten sie an. Katinka lief quer über das Spielfeld, um ihr den Weg abzuschneiden, unter ihren Füßen spritzte das Wasser der Pfützen auf. Ihre Hände waren zu Fäusten geballt, die Arme arbeiteten an der Seite, verzweifelt wie verkümmerte Flügel. Aber sie erreichte Kimberley.

Die Stürmerin war langsamer geworden, vielleicht aus Leichtsinn oder aus Erschöpfung. Oder sie wollte auf den letzten Metern nicht riskieren, den Ball zu verlieren. Deshalb lief sie die letzten zehn Meter locker aus, und zwei Meter vor dem Malfeld holte Katinka sie ein. Als Kimberley merkte, dass sie hinter ihr war, war es zu spät. Katinka griff nach ihr und umschlang mit beiden Armen ihr Becken, um sie zu Boden zu reißen.

Ein perfektes Tackling.

Kimberley ging mit einem Schrei zu Boden und verlor den Ball sofort aus der Hand, er kullerte über den rutschigen Rasen und blieb irgendwo liegen, während Kimberley und Katinka in eine kalte Regenpfütze rutschten, immer noch ineinander verhakt.

Miss Cunningham pfiff den Spielzug ab.

Die Spielerinnen umarmten sich. Nach dem Training war jedes Tackling vergeben und vergessen, sie waren wieder die besten Freundinnen. Katinka spuckte ihren Mundschutz aus.

»Du warst unglaublich schnell«, sagte sie zu Kimberley.

Kimberley grinste. Ihr Gesicht sah großartig aus, wild und lebendig, zur Hälfte vom Schlamm verschmiert. Grashalme auf der Stirn. Die Haare klatschnass.

»Hätte nicht gedacht, dass du mich noch kriegst«, sagte sie.

»Ich kriege euch alle«, sagte Katinka.

Die anderen klopften ihr auf die Schultern. »Fett, fett, fett, Kat! Unsere Beste.«

Katinka war die einzige deutsche Internatsschülerin, und sie liebte Rugby. Sie liebte diese kalten, verregneten Märztage, den aufgeweichten Rasen des Spielfelds, die erhitzten Gesichter der anderen, die nassen Trikots in den Schulfarben, sie mochte den Geruch nach Regen und Gras. Der Winter war endlich vorbei, man spürte, dass die Tage wieder länger wurden. Noch war der Frühling nicht da, aber es konnte nicht mehr lange dauern. Die beste Zeit des Jahres kündigte sich an.

Die Sekretärin des Internats kam aus dem Verwaltungsgebäude gelaufen. Sie hielt eine Zeitung über ihren Kopf und winkte ihnen von Weitem zu.

»Katinka Schwartz! Ein Anruf für Sie! Aus Berlin!«

»Okay«, sagte Katinka und wollte sich nicht hetzen lassen. »Ich rufe gleich zurück.«

Aber die Sekretärin ließ nicht locker. Sie lief auf ihren Stöckelschuhen am Spielfeldrand entlang, bis sie vor Katinka stand. Die Zeitung über ihrem Kopf hing nass herunter.

»Es klingt wirklich wichtig«, sagte sie. »Ihre Mutter ist am Telefon, sie wartet.«

Ihre Mutter rief nicht gern auf dem Handy an, weil sie glaubte, dass es zu teuer war. Ihr war es am liebsten, dass sie skypten, aber das mochte Katinka nicht, weil sie sich dann die ganze Zeit auf dem Bildschirm anschaute und Grimassen schnitt, während sie ihre Mutter reden ließ. Auf jeden Fall war es seltsam, dass sie im Sekretariat anrief.

»Bitte, Katinka«, sagte die Sekretärin. »Es ist sehr dringend.«

In diesem Moment verstand Katinka, was sie ihr sagen wollte, und sie rannte los. Sie lief über den Kiesweg zum Verwaltungsgebäude, drückte die Tür auf, rannte den Flur entlang. Ihre Stollenschuhe gaben ein klapperndes und schmatzendes Geräusch. Sie erreichte den Schreibtisch der Sekretärin. Im warmen Schein der Schreibtischlampe lag der Telefonhörer.

Katinka nahm ihn auf und horchte.

Ihre Mutter rauchte. Katinka hörte ihre hastigen Atemzüge.

»Ich bin's«, sagte sie endlich. »Was ist los?«

Dann erfuhr sie es.

Sie stand vor dem Schreibtisch der Sekretärin, während ihre Mutter ihr alles erzählte, und ihr Trikot tropfte. Aus ihren Haaren rann das Regenwasser. Sie konnte gar nichts sagen, sie hörte nur zu. Unter ihr bildete sich eine Pfütze. Sie blickte, während sie in den Hörer lauschte, hinaus auf den Gang und sah ihre eigenen Fußspuren. Sie hatte ungefähr das halbe Rugbyfeld mitgebracht.

Die Sekretärin kam durch die Tür und nickte ihr zu, während Katinka den altmodischen, schweren Telefonhörer in der Hand hielt und die Stimme ihrer Mutter aus dem fernen Berlin vernahm. Sie verstand nur undeutlich, was vorgefallen war. Ihr Vater hatte einen Unfall gehabt. Von einem unglücklichen Sturz war die Rede, von einem Blutgerinnsel im Hirn. Er läge seit drei Tagen im Krankenhaus auf der Intensivstation. Er wäre ansprechbar, aber man wüsste nicht, ob sich sein Zustand noch verbessern würde. Es könnte auch bald vorbei sein.

»Du musst kommen«, sagte ihre Mutter schließlich. »Jetzt sofort. Bitte. Wir brauchen dich hier. Dein Vater braucht dich.«

# *Kapitel 2*

Am selben Abend packte Katinka. Sie hatte eine Liste mit Dingen, die sie packen musste, und obwohl sie jedes Jahr zweimal nach Hause fuhr, las sie sich die Liste sorgfältig durch und hakte die Sachen in Gedanken ab. Dabei ging sie langsam und methodisch vor.

Portemonnaie, Ausweis, Jeans, Pullover, Tops, Strümpfe, Unterwäsche, Zahnbürste, Zahnpasta, Shampoo, Adapter, Ladekabel, Schuhe. Zwei Bücher. Und Stifte, weil sie manchmal Lust bekam zu zeichnen, auch wenn ihre Skizzen immer schrecklich aussahen und niemand sie sehen durfte. Und Haarspangen. Und ihr Telefon. Und den Kopfhörer!

Sie ging alles noch mal durch, um sich von einem Moment zum nächsten zu hangeln. Dabei versuchte sie, nicht zu blinzeln, denn sonst fing sie garantiert an zu weinen.

Als sie fertig war, stand sie eine Stunde lang allein vor dem Internat und schaute in den finsteren Himmel, als könnte sie dort irgendetwas entdecken. Sie wünschte sich, die Stimme ihres Vaters zu hören. Der Regen hatte aufgehört, und die Wolken zogen stumm über den Himmel. Sie fühlte sich ganz allein, und dieses Gefühl hatte sie seit Jahren nicht mehr gehabt. Sie war fast von Anfang an glücklich gewesen in ihrem Internat, hatte hier Freundinnen gefunden, eine neue Heimat und stand kurz vor dem Abschluss.

Jetzt musste sie zurück nach Berlin, und es kam ihr vor, als wäre ihre Jugend plötzlich und unwiderruflich vorbei. Sie hätte so gern ihren Vater gefragt, wie sie sich nun verhalten sollte. Doch sie bekam keine Antwort und hatte plötzlich eine namenlose Angst, dass sie ihren Vater jetzt schon verloren hatte.

Beim Abendessen waren alle besorgt um sie. Sie kamen an ihren Tisch und fragten, wie es ihr ging. Wie es ihrer Familie ging. Katinka konnte nichts erzählen, ihre Kehle war wie zugeschnürt, sie brachte kaum den Kräutertee herunter. Die Schülerinnen fragten auch nicht endlos nach, sondern umarmten sie einfach.

»Alles Gute, Kat«, sagten sie. »Komm bald wieder.«

Sie nickte. Auf jeden Fall wollte sie wiederkommen, so schnell wie möglich. Wenn sie ehrlich war, wollte sie nicht nach Berlin. Aber dann dachte sie an ihren Vater, und sie wusste, dass sie hinfahren musste.

Später saßen sie zu fünft in ihrem und Allies Zimmer und tranken Bier. Zwei rauchten am Fenster, Allie spielte auf der Gitarre und sang die schottische Abschiedshymne, die sie sonst nur am letzten Tag des Jahres sangen:

*Should auld acquaintance be forgot*
*And never brought to mind?*
*Should auld acquaintance be forgot,*
*And days of auld lang syne?*

*For auld lang syne, my dear*
*For auld lang syne*
*We'll take a cup o'kindness yet*
*For auld lang syne*

Die Mädchen sangen alle mit, sie liebten dieses Lied.

»Aber ich gehe doch gar nicht wirklich weg«, sagte Katinka. »Ich bin bald wieder da.«

»Das will ich schwer hoffen«, sagte Allie. »Du gehörst hierher. Wir brauchen dich. Wer erklärt mir sonst Mathe?«

»Wer bringt mich sonst zum Lachen?«, fragte Katinka zurück. Sie hatte in den drei Jahren, die sie hier im Internat war, so viel gelacht wie in den vierzehn Jahren vorher nicht.

»Die Berliner bestimmt nicht, die gehen zum Lachen in den Keller.«

»Die gehen auch zum Weinen in den Keller«, sagte Katinka.

»Nein, die gehen in den Keller, weil sie immer noch die britischen Bomber fürchten.«

Plötzlich redeten alle durcheinander.

»Nein, die gehen in den Keller, weil sie da noch eine Leiche haben«, behauptete Kimberley.

Allie sagte nach einem Schluck Bier: »Wenn du nicht rechtzeitig zu den Play-offs zurück bist, dann bist du tot, Kat. Wir kommen nicht ins Finale ohne dich. Und das ist alles, was mich interessiert. Glaubst du, ich kriege eine anständige Defensive zusammen mit diesen Seekühen hier?«

»Seekuh, ich geb dir gleich Seekuh, mein Herzchen«, sagte Kimberley vom Fenster her.

»Das sagt die Richtige«, erwiderte Allie und grinste sie herausfordernd an. Sie hielt ihr die geballte Faust hin: »Willst du schnuppern? Riecht nach Friedhof. Kostenlose Begräbnisse für Seekühe.«

Kimberley kicherte und griff nach einem Kopfkissen, um es Allie an den Kopf zu werfen.

Katinka schaute von einer zur anderen. Sie vermisste ihre

Freundinnen jetzt schon. In Gedanken entfernte sie sich bereits vom Internat, von ihrem Leben hier. Sie hatte sich einen Zug herausgesucht, der frühmorgens von Aberdeen nach London ging. Zudem hatte sie mit viel Glück für den frühen Abend einen Flug nach Berlin bekommen. Schrecklich teuer, musste aber sein.

»Leute, ich bin müde, ich muss morgen früh raus«, sagte sie.

Während die anderen noch leise weiterredeten und auf der Gitarre zupften, rollte sie sich in ihrem Bett zusammen und versuchte einzuschlafen.

# *Kapitel 3*

»Nehmen Sie sich alle Zeit, die Sie brauchen«, sagte Miss Cunningham am nächsten Morgen. »Wir freuen uns, wenn Sie wiederkommen. Wir sind hier wirklich für Sie da.«

»Ich werde nicht lange weg sein«, sagte Katinka.

»Das hoffe ich auch«, sagte Miss Cunningham. »Vielleicht geht es Ihrem Vater bald besser. Es wäre sehr gut für Sie, wenn Sie im April zurück sind. Sie werden sich auf die Abschlussklausuren vorbereiten wollen.«

Katinka wusste, was die Schulleiterin ihr zu verstehen geben wollte. Ihre Noten waren nicht so großartig, dass sie den Abschluss sicher hatte.

»Ich komme so schnell wieder, wie es mir möglich ist«, sagte sie.

Allie brachte sie zum Bahnhof. Sie umarmten sich fest.

»Grüß Berlin«, sagte sie und stupste Katinka in die Seite. »Man sagt, die Stadt sei nicht so übel.«

Dabei schaute sie Katinka mit glitzernden grauen Augen an. Kein Wort über ihren Vater im Krankenhaus. Britische Mädchen neigen nicht zu emotionalen Ausbrüchen.

Während der Zug durch den schottischen Morgen fuhr – der Himmel war immer noch grau und diesig –, lehnte Katinka sich zurück und schloss die Augen. In diesem Moment kam ihr das *Marabu* wieder ganz nah, als wäre sie nie davor geflohen.

Als kleines Mädchen hatte sie das Hotel geliebt, denn es schien ein Zauber in diesem Haus zu liegen, ein besonderer Glanz, der dunkle und furchtbare Zeiten überlebt hatte. Was genau es war, konnte sie nicht sagen, und niemand erzählte ihr etwas, wenn sie danach fragte. Sie hatte ihrem Großvater oft an der Rezeption geholfen, es war ihre glücklichste Zeit gewesen. Der alte Herr Schwartz stellte Katinka einen Hocker hin, damit sie die Gäste bedienen konnte. Die Gäste waren natürlich entzückt, wenn das fröhliche kleine Mädchen ihnen die Schlüssel aushändigte.

»Vielen Dank, Madame!«, sagten sie dann und gaben ihr eine Münze als Trinkgeld. Die durfte Katinka behalten.

»Hast du dir selbst verdient«, sagte ihr Großvater und zwinkerte ihr zu.

Für Katinka war das Hotel eine riesige Puppenstube, deren Chefin sie war, mit einem freundlichen alten Herrn in ihrem Rücken.

Sie verbrachte die sieben Stunden im Zug von Aberdeen nach London, indem sie träumend aus dem Fenster starrte und tief in ihre Vergangenheit eintauchte. Auf eigenartige Weise trösteten die Erinnerungen. Katinka wollte nicht ankommen, sondern weiterfahren, immer nur weiter, wohin auch immer.

Dörfer zogen vorbei.

Steinmauern.

Industriestädte mit hässlichen Parkplätzen.

Kleine Bahnsteige, an denen Leute mit Golfausrüstung warteten.

Verlassene Landschaften.

Ein schmaler Fluss schimmerte silbrig im Nebel, die Konturen der Häuser, Felder und Bäume waren verwischt. Katinka war es, als läge ein Schleier über ihren Augen. Ein Schleier des Trostes und der Trauer, der die Welt in Grauschattierungen zeigte.

Sie kannte England kaum, nur den Flughafen und zwei oder drei Ecken in London, wo es hektisch und laut gewesen war. Ihr Zuhause war Schottland, das Internat. Das kleine Zimmer, das sie mit Allie teilte und das seit drei Jahren ihre Zuflucht war.

Dann die Einfahrt nach London. Menschengewühl, Lautsprecherdurchsagen mit ironischem Unterton.

Umsteigen nach Heathrow.

Im Flughafen stand sie in der Warteschlange vor dem Check-in. Dann in der Schlange der Personenkontrolle. Nachdem ihr Handgepäck geprüft worden war, ging sie auf die Toilette und legte die Perlenkette an, die ihre Eltern ihr zum fünfzehnten Geburtstag geschenkt hatten.

Sie setzte sich auf eine Bank und beobachtete die Touristen aus Pakistan und Irland, aus Afrika und China, die Familien und Geschäftsreisenden. Parfümschleier aus den Luxusboutiquen wehten vorbei. Flirrende Bildschirme, Durchsagen, die zum Boarding an Gate siebzehn aufriefen, Kaffeegeruch. Letzte Aufrufe für Nachzügler, die Namen waren kaum verständlich.

Auf der Wartebank schräg gegenüber saß eine Mutter mit ihrer kleinen Tochter. Das Mädchen spielte mit einem Tablet, auf dem offenbar ein Karaoke-Programm lief. Die Kleine sang lauthals mit und wiegte sich in selbstvergessener Eleganz.

Katinka dachte an ihre frühen, glücklichen Jahre im *Marabu* und an ihren Vater im Krankenhaus. Dann kamen ihre Tränen so plötzlich und so heftig, dass sie sich eine Zeitschrift vor das Gesicht hielt.

# *Kapitel 4*

Der Taxifahrer am Berliner Flughafen warf seine halb gerauchte Zigarette weg, als Katinka auf ihn zuging. Er öffnete den Kofferraum und nahm ihr das Gepäck ab. Dabei wurde er von einem rasselnden Husten durchgeschüttelt.

»Zum Adenauerplatz, bitte«, sagte Katinka. Für einen Moment war sie versucht, gleich zu ihrem Vater ins Krankenhaus zu fahren. Doch sie hatte Angst davor. Sie wusste nicht, ob man sie zu ihm lassen würde. Wenn sie es richtig verstanden hatte, lag er auf der Intensivstation.

*Schädeltrauma.*

*Hirnblutung.*

*Blutgerinnsel.*

Jedes dieser Worte versetzte ihr einen Stich. Obwohl sie sich seit Stunden vorzustellen versuchte, wie sie die Tür zum Krankenhaus öffnete, den Gang hinunterging, nach seiner Station fragte, nach seinem Zimmer, und dann vor der Zimmertür stand und sie öffnete und ihn dort liegen sah, fühlte sie sich trotzdem nicht imstande, gleich ins Krankenhaus zu fahren.

Nicht jetzt.

Noch nicht.

»Ich möchte zur Xantener Straße, aber könnten Sie bitte am *Marabu* vorbeifahren«, sagte sie, und der Taxifahrer tippte mit zwei Fingern an seine Schläfe, was wie ein respektvolles Salutieren wirkte.

»Kennen Sie das Haus?«, fragte Katinka.

Er räusperte sich. »Natürlich kenne ich das *Marabu*. Ich fahre seit vierzig Jahren Taxe, ich habe noch die großen Zeiten des *Marabu* erlebt. Den alten Herrn Schwartz, der oft vor dem Hotel auf seine Gäste wartete. Das waren gute Jahre.«

Der Regen hatte aufgehört, jetzt kamen die letzten Strahlen der Abendsonne durch und tauchten die Stadt in ein schweres goldenes Licht. Sie fuhren am Westhafen vorbei, durch Moabit.

Die Stadt war Katinka fremd und vertraut zugleich. Hier gab es die Eckkneipen mit schweren Gardinen hinter den Fenstern und einer alten Schnapsreklame. Mietskasernen zogen sich die Straßen herunter. Die Gesichter der Berliner, die an der Ampel warteten, wirkten grau und genervt.

Sie erreichten den Tiergarten und fädelten sich in den Kreisverkehr um die Siegessäule ein. Der Engel dort oben schimmerte im Abendlicht, doch für Katinka, das spürte sie, hatte er keinen Sieg zu verkünden und keinen Segen zu spenden.

Der Taxifahrer nahm einen Umweg, aber Katinka beschwerte sich nicht, sondern genoss den Weg über den Wittenbergplatz und an der Gedächtniskirche vorbei.

»Hier war mal richtig was los, früher«, sagte der Taxifahrer, als sie vor einer Ampel warteten. »Kino, Theater, richtig feine Gesellschaften, das hatte Klasse. Und jetzt …« Er wies verächtlich auf die Schaufenster der Geschäfte. »Schnellimbiss, Billigklamotten, Starbucks. Backshop, McPaper, Nanu-Nana.«

Katinka wies ihn auf das neue *Waldorf Astoria* hin, an der großen Kreuzung zum Zoologischen Garten, ein Luxushotel mit einunddreißig Stockwerken, das eben erst eröffnet hatte. Und daneben das neue Bikini-Haus.

Der Fahrer winkte ab. »Das sind Potemkinsche Dörfer. Reine

Fassaden. Da wohnt niemand. Außer vielleicht bei den Filmfestspielen. Und im Bikini-Haus kauft kein Berliner ein. Wissen Sie, was da ein Kaffee kostet? Das wollen Sie gar nicht wissen.«

Sie kamen an der Bleibtreustraße vorbei, und da zitterte Katinkas Unterlippe ein wenig. Dies war früher ihr Schulweg gewesen. Sie erinnerte sich an ihren Grundschulranzen. An ihre erste beste Freundin, Annika. An die Bäckereiverkäuferin, die eine Dackeldame im Hinterzimmer hatte. Susi hieß die Dackeldame, und sie bellte sich bei jedem Kunden die Seele aus dem kleinen Leib.

Und jetzt die Schlüterstraße, sie bogen links ein, und gleich hinter der Ecke tauchte die hellgraue Fassade des *Marabu* auf. Die Leuchtschrift *Hotel Marabu* schimmerte in warmen Farben.

Der Baldachin über dem Eingang wirkte feierlicher als sonst. Die Eingangstür war hell erleuchtet wie immer, doch es war dort niemand zu sehen. Für gewöhnlich standen einige Gäste unter dem Baldachin und rauchten. Hinter dem Fenster darüber konnte man die Schemen der Angestellten an der Rezeption erkennen. Die Fenster zum Saal, in dem morgens gefrühstückt wurde und wo abends manchmal Tango gespielt und getanzt wurde, waren nicht beleuchtet.

Sie dachte an ihren Vater, der manchmal mit ihr auf dem Arm getanzt hatte, als sie noch ganz klein gewesen war. Doch in den Jahren danach hatte sie immer das Gefühl gehabt, dass ihr Vater etwas vor ihr verbarg. Damals hätte sie ihre Seele gegeben, um zu erfahren, was es war. Um ihm zu helfen. Um ihn zu erlösen.

Der Taxifahrer war langsamer geworden, als wollte er anhalten, aber Katinka sagte: »Fahren Sie weiter, fahren Sie bitte weiter.«

Ihre Stimme war hell und brüchig. Er schaute in den Rückspiegel, sagte aber nichts.

# *Kapitel 5*

Katinkas Eltern wohnten in einer ruhigen Seitenstraße hinter dem Adenauerplatz. Von dort aus gingen sie zu Fuß zum *Marabu*. Die Wohnung war klein, Katinka fand sie immer zu eng. Und diesmal fürchtete sie sich davor, sie zu betreten.

Ihre Mutter stand mit ausgebreiteten Armen in der Wohnungstür, als sie die Treppe hinaufkam. Sie trug ein graues Kleid, darüber eine schwarze Strickjacke, und sah erstaunlich gut aus.

»Da bist du ja endlich«, sagte sie.

Sie nahmen einander wortlos in den Arm. Katinkas Handflächen lagen auf dem Rücken ihrer Mutter, und sie kam sich eigenartig erwachsen vor, als sie die schluchzende Frau tröstete. Ihre Schultern fühlten sich knochig an.

Dann straffte ihre Mutter sich und führte Katinka in die Wohnung. Erst hier, als sie das Wohnzimmer sah, den Sessel ihres Vaters, sein Bücherregal, wurde ihr klar, wie sehr er fehlte. Die Zimmer wirkten leer, als warteten sie auf jemanden, der nicht mehr kommen würde.

Auf dem Esstisch lagen ausgebreitete Papiere, die ihre Mutter schnell zur Seite schob.

Katinka stellte ihre Tasche ab. Die Wohnung ihrer Eltern war so klein, dass sie sich bei ihren Besuchen immer ein Zimmer im *Marabu* genommen hatte. Meist war es die 318, ein schönes Eckzimmer im dritten Stock.

»Du warst noch nicht drüben?«, fragte ihre Mutter.

Sie schüttelte den Kopf. »Bin daran vorbeigefahren«, sagte sie.

»Du kannst auch hier schlafen«, erwiderte ihre Mutter, und es lag ein ungewohnt bittender Ton in ihrer Stimme.

»Ich würde gern noch ins Krankenhaus und ihn sehen«, antwortete Katinka. »Nur sehen, wo er liegt.«

»Nicht heute Abend«, sagte ihre Mutter. »Lass uns morgen zusammen gehen, heute fehlt mir die Kraft.«

Sie machte ein Abendessen, obwohl Katinka ihr zehnmal versicherte, dass sie wirklich keinen Hunger hatte. Die Mutter aß Gurkensalat, wie jeden Abend. Katinka knabberte lustlos an zwei Laugenbrezeln. Hin und wieder klingelte das Telefon, und ihre Mutter nahm die Genesungswünsche ihrer Freundinnen und Bekannten entgegen. Darin wirkte sie ganz geübt, sie konnte sogar kleine Scherze machen.

Katinka fühlte sich plötzlich total fremd. Gestern Abend war sie noch in Schottland, im Internat gewesen. Jetzt saß sie am Esstisch in Berlin und fühlte sich wie die zehnjährige Katinka, die darauf wartete, dass ihr Vater nach Hause kam, sein Jackett auszog und sie in den Arm nahm. Doch nun war sie erwachsen und ahnte, dass er nicht mehr kommen würde.

»Ich gehe doch noch hin«, sagte sie. »Ich würde ihn wirklich gern noch sehen.«

»Es ist fast elf Uhr«, sagte ihre Mutter. »Die lassen dich bestimmt nicht mehr zu ihm. Wir gehen morgen zusammen. Ich bin müde.«

Katinka bestand darauf: »Ich versuche es, ich komme sonst nicht zur Ruhe.«

Das Krankenhaus lag hinter der S-Bahn-Brücke, es war nicht sehr weit. Katinka ging zu Fuß hin, sie genoss den Weg durch die Dunkelheit. Einige Leute waren mit ihren Hunden unterwegs, und Katinka hörte den Berliner Akzent, der sich immer ein wenig beleidigt anhörte. Sie wanderte an endlosen Häuserreihen vorbei. Die Großstadt hatte sie wieder. Es war ungewohnt, nach der langen Zeit in der schottischen Stille wieder von dreieinhalb Millionen Menschen umgeben zu sein. Sie spürte ihre Füße auf dem Asphalt und hatte das Gefühl, wirklich in Berlin anzukommen.

Es war fast Mitternacht, als sie das Krankenhaus erreichte. Der Pförtner fragte, was sie so spät am Abend noch wollte. Sie nannte ihm den Namen ihres Vaters.

»Der Herr Schwartz«, sagte der Pförtner. »Schlimme Geschichte.« Er telefonierte mit der Stationsschwester und fragte, ob sie noch hochkommen dürfte.

Dann nickte er Katinka freundlich zu: »Jetzt gehen Sie mal zu ihm. Hoffentlich erholt sich Ihr Vater wieder.«

Die Station, auf der ihr Vater lag, war totenstill. Die Patienten schliefen oder starrten die Decke an oder lagen in einem Koma, von dem niemand wusste, ob sie jemals wieder daraus erwachen würden. Die Nachtschwester brachte Katinka zu ihrem Vater.

Er lag in einem Einzelzimmer, das nahezu kahl und andächtig still war. Seine Augen waren geschlossen, er wirkte alt und abwesend.

Katinka setzte sich ans Bett, nahm seine Hand und horchte auf die Atemzüge. Sie war sich nicht sicher: War er wach? Schlief er? Träumte er?

Doch er schien ihre Anwesenheit zu spüren, denn manchmal drückte er Katinkas Hand, und sie fühlte seine Wärme und Kraft wieder, wie früher, als sie mit ihm durchs *Marabu* ging und seine

Hand hielt, ein kleines Mädchen, das so stolz auf seinen Vater war, auf den König des Hauses.

Hörte er sie? Träumte er? Vielleicht ging er auch jetzt durchs Hotel, von Zimmer zu Zimmer, von Etage zu Etage, und suchte den Ausgang. Oder suchte einen Menschen, mit dem er reden konnte?

Denn manchmal bewegte er die Lippen, für den Bruchteil einer Sekunde erschien seine Zungenspitze. Trotzdem kam kein Laut über seine Lippen, kein Wort, kein Satz.

Katinka wusste, dass er ihr etwas sagen wollte, etwas sehr Wichtiges. Vor Anstrengung kniff er die Augen zu, und eine Träne rann über seine wächserne Haut.

»Was ist es, Papa?«, flüsterte sie. »Sag doch.«

Ihm gelang keine Antwort. Katinka konnte es sich nur so erklären, dass er sich um das Hotel sorgte.

»Ich bin jetzt da«, sagte sie. »Ich kümmere mich darum.«

Daraufhin nickte er so nachdrücklich, dass es ihr einen Stich gab. Und dann machte er wieder den Versuch, etwas zu sagen, doch es war vergeblich.

Sie saß neben ihm und hielt seine Hand, während eine Stunde verstrich. Sein Gesicht bewegte sich im Schein der Nachttischlampe. Manchmal sah er ruhig und gelöst aus, wie sie ihn selten gekannt hatte, doch in anderen Momenten verhärteten sich seine Züge, als ob er Furchtbares durchlitte.

»Alles wird gut«, sagte sie dann. »Ich bin doch bei dir.«

Er drückte ihre Hand, und sie saß an seinem Bett, bis die Nachtschwester leise hereinkam und sie nach Hause schickte.

»Lass dir Zeit, gesund zu werden«, flüsterte Katinka zum Abschied. »Ich komme wieder, ich komme jeden Tag wieder.«

# *Kapitel 6*

Am nächsten Morgen nahm Katinka ein Zimmer im *Marabu*. Sie ging mit ihrer Mutter hinüber ins Hotel. Zwischen ihnen herrschte eine stille Übereinkunft, dass es so besser war. Es gab keinen Streit, sie hatten sich einfach nichts zu sagen, auch jetzt nicht. Katinka wusste nicht mehr, wann sie einander wirklich nah gewesen waren. Vielleicht in den allerersten Jahren? Sie hatten nie darüber gesprochen, dass sie einander fremd geworden waren. Insgeheim fürchtete sie sich vor dem Moment, wenn ihr Vater nicht mehr als verbindendes Glied zwischen ihnen stehen würde.

Katinka war froh, als sie die stolze Leuchtschrift in der Schlüterstraße sah: *Hotel Marabu*. Zwei schmale, senkrechte Wortsäulen. Dieses Schild hatte sie in ihrer Kindheit bestimmt hundertmal gemalt.

Das *Marabu* war ein altes, müdes Haus. Es hatte einmal gute Zeiten gesehen. Es war einmal ein vornehmes Haus gewesen, ein Schmuckstück in der Seitenstraße des Kurfürstendamms. Doch das war lange her.

Ein Rolls-Royce stand einige Schritte vom Eingang entfernt, und als Katinka daran vorbeiging, sah sie das Gesicht einer älteren Dame, die auf der Hinterbank saß. Das Seitenfenster spiegelte ein wenig, deshalb konnte sie das Gesicht nicht genau erkennen. Die Dame trug einen Hut, und als Katinka sich vorbeugte, um genauer hinzusehen, hob sie die Hand. Wollte sie grüßen? Oder dem Fahrer das Zeichen geben, dass er nun losfahren könne? Der Wagen setzte sich langsam in Bewegung, langsam genug, dass Katinka noch den Kopf einer großen schwarzen Katze bemerkte. Er reckte sich neugierig hoch, und zwei schmale, ausdrucksvolle Augen blickten sie an. Es war ein wirklich großer Kopf, die alte Dame legte ihre Hand auf das schwarze Fell, als sie davonfuhren.

»Hast du die gesehen?«, fragte Katinka ihre Mutter. »Wer fährt denn hier mit einem Rolls-Royce vor? Kanntest du die Frau?«

Ihre Mutter schüttelte den Kopf und schaute dem eleganten Wagen missbilligend nach, als er auf den Kurfürstendamm abbog.

»Sicherlich keine Gäste von uns«, sagte sie.

An der Rezeption arbeitete jetzt eine junge Frau, die Katinka nicht kannte. Sie war kaum älter als sie selbst. Ausdrucksstarke dunkle Augen, roter Lippenstift, weiße Bluse. Sie trug ihre weizenblonden Haare im Pagenschnitt.

»Hallo, ich bin Zazie«, sagte sie. »Schön, dass du da bist. Ich gebe dir Zimmer 318, ich glaube, das hattest du sonst auch immer.«

Katinka nickte. Sie fand es sympathisch, dass Zazie sie gleich duzte.

»Seit wann arbeitest du hier?«, fragte Katinka.

»Seit drei Monaten. Hab mich gleich in das Haus verliebt.«

Zazies Augen strahlten, als sie die Arme ausbreitete, und sie schien mit dieser Geste das ganze Hotel zu umarmen. Ihre Begeisterung wirkte ansteckend. Zwei Gäste, die in der Lobby den Stadtplan studierten, mussten unwillkürlich lächeln.

»Ja, es ist wirklich ein besonderes Haus«, sagte der Mann in gebrochenem Deutsch.

Vom Frühstückssaal her hörte man das Klappern von Tellern und Tassen, die abgeräumt wurden. Drei Kinder kamen die Treppe heruntergetrampelt. Die Mutter entschuldigte sich für den Lärm, aber Zazie winkte gelassen ab.

»Wie kommt ihr hier klar?«, fragte Katinka.

»Wir halten die Stellung«, sagte Zazie. »Hoffentlich wird dein Vater bald wieder gesund. Gibt viel zu tun.«

Katinkas Mutter beteiligte sich nicht am Gespräch, sie blätterte durch die Belegungsliste und kontrollierte die Reservierungen für die Woche. Für einige Minuten verschwand sie im kleinen Büro neben der Rezeption. Ihre Bewegungen waren fahrig, sie schien in großer Eile zu sein. Wenn ihr Blick Zazie streifte, war zu spüren, wie angespannt sie war. Katinka kannte diesen Blick von früher, wenn ihre Mutter nach Fehlern suchte, nach irgendetwas, an dem sie ihre gereizte Laune auslassen konnte. Doch Zazie schien das nicht zu stören.

»Willkommen im *Marabu*«, sagte sie und übergab Katinka den Zimmerschlüssel. »Wenn du was brauchst, sag einfach Bescheid.«

Katinka verabschiedete sich von ihrer Mutter, die einen Friseurtermin hatte.

»Wir müssen einmal über die Sachen hier reden«, sagte ihre Mutter und wies mit vager Geste ins Büro. »Ich komme mit der Buchhaltung nicht mehr hinterher. Kannst du mir da helfen?«

»Natürlich«, sagte Katinka. »Ich helfe gern, wenn du mir sagst, was zu tun ist.«

»Später«, erwiderte ihre Mutter. »Ich hab es eilig, heute passt es mir nicht mehr.« Sie sah Katinka mit einem Lächeln an, als wäre alles in Ordnung, dann sah sie auf die Uhr: »Mein Gott, ich bin zu spät, ich muss wirklich los! Bis nachher, mein Schatz!«

Das war auch schon der Abschied, und er hinterließ ein ungutes Gefühl bei Katinka. Sie mochte es nicht, wenn ihre Mutter sie so nannte.

»Alles okay?«, fragte Zazie von der Rezeption her. Sie hatte das Gespräch mitbekommen und schien Katinka zu verstehen.

»Muss ja«, sagte Katinka und nahm ihre Sachen. »Ich geh erst mal hoch.«

Ihre Laune hellte sich auf, als sie in den dritten Stock kam. Sie mochte die Flure und Gänge, die in einem vertrauten Halbdunkel lagen. Als Kind hatte sie hier stundenlang mit ihren Freundinnen gespielt oder war den Zimmermädchen gefolgt, um sich mit ihnen zu unterhalten. Manchmal war sie allein herumgewandert, um die Bilder an den Wänden zu betrachten. An stillen Sonntagen hatte sie Murmeln über den Teppichboden laufen lassen. Hier hatte sich nichts verändert.

Die Gäste des *Marabu* schienen in einem Traum zu leben, aus dem sie nicht erwachen wollten. Die Gänge waren mit dunkelrotem Teppichboden ausgelegt, sein Blumenmuster war seit Langem von unzähligen Schuhen ausgetreten. An manchen Stellen wurden die Holzbohlen darunter sichtbar. Sie knarrten auch bei vorsichtigen Schritten. Es war ein Knarren, das wie ein unwilliges Seufzen klang.

Die Etagenflure waren lang und verwinkelt. Sie zweigten von Zwischenzimmern ab, in denen sich die Gäste verabreden konnten. Eine Couch stand bereit, daneben ein Sessel, von dem Staubwolken aufsteigen würden, wenn man sich hineinfallen ließe. Auf dem flachen Tischchen lag eine alte Illustrierte. Daneben ein Aschenbecher, der seit Jahren nicht benutzt worden war.

Katinka brachte ihre Sachen auf ihr Zimmer, das altmodisch

eingerichtet war und hell und freundlich wirkte. Vor ihrem Fenster rauschten die Zweige einer Kastanie, und doch spürte man, dass der geschäftige Kurfürstendamm nicht weit entfernt war.

Die Tapete des Zimmers war lindgrün und roch schwach nach Zigaretten. Über dem Bett hing ein Ölgemälde in schwerem Goldrahmen. Ihr Vater liebte diese alten Bilder. In allen Zimmern, auch in den Fluren, hingen solche Werke aus dem 19. Jahrhundert, natürlich Reproduktionen. Es waren die üblichen Bilder. Caspar David Friedrichs *Wanderer über dem Nebelmeer* und *Abtei im Eichwald*. Carl Spitzwegs *Bücherwurm*. Adolph von Menzels *Flötenkonzert* und *Balkonzimmer*. Heinrich Zilles Zeichnungen. Und *Hofsänger in Berlin* von Ludwig Knaus. Bilder, die man so oft gesehen hat, dass der Blick darüber hinweggleitet.

Vom Etagenflur her kam das Röhren des Staubsaugers. Die Zimmermädchen waren unterwegs. Katinka flüchtete vor dem bohrenden Geräusch in das Bibliothekszimmer, in das sich am Vormittag nur selten ein Gast verirrte.

# *Kapitel 7*

An diesem Vormittag saßen zwei Hotelgäste dort, vermutlich waren sie ebenfalls vor dem Geräusch des Staubsaugers geflohen. Der ältere Mann stand vor dem Bibliotheksregal, die Hände auf dem Rücken verschränkt. Sein Kopf war kahl, die Ohren standen deutlich vom Schädel ab. Das gab ihm etwas Horchendes. Er stand minutenlang vor dem Regal, ohne die Buchrücken wirklich zu lesen oder ein Buch herauszunehmen.

Katinka wunderte sich immer, was für ein Sammelsurium an Büchern dort herumstand. Es waren fast ausnahmslos Bücher, die von den Zimmermädchen beim Aufräumen nach Abreise der Gäste gefunden worden waren. Japanische Mangas, Enid Blyton neben Murakami, ein Touristenführer zu Berliner Friedhöfen neben dickleibigen Büchern von Dostojewski und Doderer. Wer von den Gästen las tausendseitige Romane? Wer las hier überhaupt?

Am Fenster saß ein junger Mann. Engländer, dachte Katinka sofort. Er trug ein schwarzes Jackett, darunter ein fliederfarbenes Hemd, eine Cordhose und lange braune Schuhe. Sein Gesicht war klar geschnitten, die Augenbrauen dunkler als das dichte blonde Haar. Auf seiner Stirn tanzte eine ungebändigte Haarlocke.

Zu ihm hätte eine mechanische Schreibmaschine gepasst, dann wäre der Hipster vollkommen gewesen. Er saß da mit einem Zeichenblock, und der Kohlestift in seiner linken Hand schien nach eigenem Willen über das Papier zu gleiten.

Katinka hätte gern gesehen, was er zeichnete, aber sie ließ es lieber, weil sie wusste, wie sehr es nervte, wenn ein Fremder sich über das Blatt beugte. Sie murmelte einen unbestimmten Gruß, der nicht erwidert wurde, nahm sich ein Buch und kuschelte sich in den nächstbesten Sessel. Als Kind war es ihr leichter gefallen, mit Leuten ins Gespräch zu kommen.

Ihr Blick fiel auf das große Gemälde an der Wand des Bibliothekszimmers. Früher hatte sie sich vor diesem Bild gefürchtet, doch jetzt gefiel es ihr. Es zeigte einen Panther, der durch dichtes grünes Unterholz glitt, sein schwarzer Körper war lang gestreckt. Er wandte dem Betrachter seinen Kopf zu und schien auf hintergründige Weise zu lächeln. Ganz sicher war sich Katinka allerdings nicht. Schon als Kind hatte sie das Lächeln bezweifelt, und auch jetzt spürte sie, dass die Härchen auf ihren Unterarmen sich aufrichteten. Dies war kein Lächeln, sondern eher eine Drohung. Der Panther fletschte seine Zähne.

»Der weiche Gang geschmeidig starker Schritte,
der sich im allerkleinsten Kreise dreht,
ist wie ein Tanz von Kraft um eine Mitte,
in der betäubt ein großer Wille steht.«

Der ältere Mann war neben sie getreten und rezitierte andächtig die Strophe des Gedichts.

»Rilke«, sagte Katinka. »Aber dieser Panther hier ist frei, er ist nicht hinter Gittern, und sein Wille scheint nicht betäubt zu sein.«

Der alte Mann lachte. »Respekt! Dieses Gedicht kennen nicht mehr viele. Es war immer mein Lieblingsgedicht.«

Der junge Engländer hatte aufgehört zu zeichnen und schaute zu Katinka und dem älteren Herrn hinüber, ohne etwas zu sagen. Sie fühlte sich hübsch unter seinen Blicken, und das machte ihr gute Laune. Er schien etwas fragen zu wollen, doch dann besann er sich, nickte ihr kurz zu, strich sich die Locke aus der Stirn und beugte sich wieder über seinen Zeichenblock.

»Skripnik«, sagte der ältere Mann mit einer förmlichen Verbeugung. »Eduard Skripnik. Ich wohne schon eine Weile in diesem Hotel und bin hocherfreut, endlich auch die Tochter des Hauses kennenzulernen.«

Katinka reichte ihm nicht die Hand, obwohl sie das wohl hätte tun sollen. Sie scheute vor einer Berührung zurück, denn seine Hände waren beunruhigend lang und dürr. Außerdem fragte sie sich, wie er wissen konnte, dass sie die Tochter des Hotelbesitzers war.

»Seit wann wohnen Sie denn hier?«, fragte sie.

»Gewiss seit zwei Monaten. Ich bin Kunsthistoriker und hoffe, hier im *Marabu* eine längere Arbeit endlich abzuschließen.«

»Worüber schreiben Sie?«, fragte sie weiter, um das Gespräch fortzusetzen, denn der junge Engländer hörte ebenfalls interessiert zu, und sie hoffte, dass er sich vielleicht beteiligen würde.

»Ich arbeite über die Kunst in der Nazizeit. Es sind so viele Bilder damals verschollen. Manche verbrannten in den Bombennächten. Andere gingen auf der Flucht verloren. Viele wurden von den Nazis zerstört, weil sie die Werke für ›entartet‹ erklärten. Andere wurden versteckt und nie wieder gefunden.« Sein Blick hing immer noch an dem Bild des Panthers. »Es ist ein wirkliches Wunder, dass dieses Bild überlebt hat. *Das Lächeln des Panthers.* Otto Mueller, wahrscheinlich 1928. Ein wunderbares Werk. Sie sollten es nicht einfach in diesem Bibliothekszimmer hängen lassen, sondern sorgfältig sichern. Es muss ein Vermögen wert sein.«

Katinka hörte nicht richtig zu, denn der Engländer war zu ihnen getreten und räusperte sich höflich. Ihr schoss das Blut in die Wangen. Er sah gut aus. Ihr Blick streifte ihn nur kurz, weil sie nicht aufdringlich sein wollte. Seine Gestalt war anmutig, und es gefiel ihr, dass er jetzt in ihrer Nähe war, auch wenn sie sich plötzlich aufgeregt und verlegen fühlte.

»Verzeihen Sie, wenn ich mich einmische«, sagte er. Seine Aussprache klang etwas tollpatschig, aber Katinka mochte in diesem Moment alles an ihm. »In keiner Weise ist dieses Bild von 1928. Es ist nicht original, sondern eine Nachahmung. Keine Fälschung, das will ich nicht sagen, denn es steht ja nicht Otto Mueller darunter. Doch sehen Sie nur, wie das Unterholz schlampig hingeworfen wurde. Das ist nicht Mueller. Der Panther selbst, der ist gut getroffen. Ich für meinen Teil bin froh, dass dieses Bild hier zu sehen ist, auch wenn es gewiss nichts wert ist.«

Skripnik stand da mit seinem kahlen Kopf und seinen abstehenden Ohren. Er schaute das Bild mit großen Augen an, trat näher heran, seine langen Finger strichen zweifelnd über seinen Schädel.

»Ich muss dumm gewesen sein«, flüsterte er. »Was für ein Esel ich bin. Natürlich.«

Ohne sich noch einmal zu Katinka oder zu dem Engländer umzudrehen, verließ er fluchtartig und mit gesenktem Kopf das Bibliothekszimmer. Nicht nur der Panther schaute ihm lächelnd nach.

»Okay«, sagte Katinka und wandte sich dem Engländer zu. »Wenn ich Sie recht verstehe, halten Sie dieses Bild für völlig wertlos.«

»No harm meant«, sagte er mit einer eleganten Geste. »Natürlich ist es ein sehr schönes Bild. Es passt zu diesem Haus, ich kann nicht sagen, warum. Es hat ein Geheimnis, meine ich.«

»Dieses Haus?«, fragte sie. Sie fühlte sich auf merkwürdige Weise geschmeichelt.

»Auch das Bild«, sagte er. »Es wirkt ein wenig so, als hätte es jemand gemalt, um sich an das Original zu erinnern. Wie man sich manchmal Notizen macht, um sich an einen Traum zu erinnern. Ich würde sagen, dass es wirklich ein Panther-Bild von Mueller gibt, doch vermutlich ist es im Krieg verschollen.«

»Ich weiß darüber nichts«, sagte Katinka. »Mein Großvater liebte Bilder, er hat überall die altmodischen Sachen aufgehängt, Spitzweg und Menzel.«

»Das ist völlig in Ordnung«, sagte der junge Engländer. Er streckte Katinka eine Hand hin: »Finley.«

Sie nahm seine Hand. »Katinka.«

Er setzte sich in den Sessel neben sie und fragte sie über ihren Großvater und das Hotel aus. Katinka geriet ins Erzählen, und weil seine Blicke, so höflich sie auch waren, sie etwas durcheinanderbrachten, vermischte sie bald die deutschen und englischen Wörter. Finley antwortete auch gleich auf Englisch und wollte wissen, weshalb sie so perfekt Englisch sprach, was sie ihm dann wieder auf Deutsch erzählte. »I see«, sagte er schließlich und bedankte sich auf diese britische Weise, bei der Katinka nie genau wusste, ob sie ernst gemeint oder etwas spöttisch war.

»Es war sehr interessant, doch ich fürchte, ich habe dich lange genug aufgehalten«, sagte er und stand auf.

»Schon okay«, sagte sie hastig. Eigentlich hätte sie gern auch etwas über ihn erfahren, aber er ging zurück zu seinem Kohlestift und Zeichenblock, schaute auf das Blatt, schüttelte in gespielter

Verzweiflung den Kopf und verließ mit einem Augenzwinkern das Bibliothekszimmer. Nur das Bild des Panthers blieb, und der schaute Katinka unverwandt an. Sie war sich wirklich nicht sicher, ob er lächelte.

Es gibt nicht viele Jungs, dachte sie, die ein fliederfarbenes Hemd tragen können, ohne sich zum Obst zu machen. Dieser Finley sah gut darin aus.

Abends schrieb sie an Allie: *Hier ist ein Engländer. Etwa zwanzig. Nicht uninteressant. Er zeichnet, kennt sich mit Kunst aus, trägt fliederfarbene Hemden und braune Schuhe.*

Allie antwortete sofort: *An English guy? Hands off!*

*Sorry, too late*, schrieb Katinka zurück.

# *Kapitel 8*

Finley schien nicht allzu schüchtern zu sein. Er wartete am nächsten Morgen nach dem Frühstück auf sie, saß bequem auf der roten Couch im Foyer und ließ sein linkes Bein über die Lehne baumeln. Er lächelte, und Katinka konnte nicht anders, als ebenfalls zu lächeln. Sie spürte, dass ihre Wangen sich röteten.

»Was hast du vor heute?«, fragte er.

»Arbeiten«, sagte sie.

»Das klingt aufregend«, sagte er. »Was machst du so? Bist du nicht die Tochter des Hauses? So eine Art Paris Hilton? Begleitest du mich freundlicherweise vor die Tür, damit ich eine Zigarette rauchen kann?«

Katinka ging mit ihm nach draußen, der Wind rüttelte am Baldachin. Finley ließ sich Zeit mit der Zigarette, sie redeten über Schottland. Katinka hatte sich lange nicht mehr mit einem Mann unterhalten und fand Gefallen an seiner widerborstigen Art. Während die Mädchen im Internat meistens schon wussten, was sie sagen wollte, schien er sich dauernd zu sträuben. Oder er stellte sich dumm.

»Weshalb bist du hier, wenn es dort im Internat so toll ist?«, fragte er.

Katinka zögerte einen Moment. »Eigentlich bin ich hier, weil mein Vater einen Unfall hatte«, sagte sie plötzlich. Finley sah sie ruhig an, er hatte nur seine Augenbrauen angehoben.

»Wie geht es ihm?«, fragte er.

»Er ist gestürzt. Er liegt im Krankenhaus. Wir wissen nicht, was wird. Ob er gesund wird, meine ich.«

»Das tut mir sehr leid«, sagte Finley, und sie spürte, dass er es ernst meinte.

In diesem Moment sah sie einen hellgrauen Rolls-Royce die Schlüterstraße entlangfahren. Es war derselbe Wagen wie gestern. Vor dem Eingang des *Marabu* hielt er an. Katinka konnte nicht erkennen, ob die alte Dame wieder auf der Rückbank saß. Sie versteckte sich hinter Finley.

»Was wird das hier?«, fragte er.

»Ich würde gern wissen, wer das dort in dem Rolls-Royce ist«, sagte Katinka.

»Vermutlich findest du es leichter heraus, wenn du fragst, statt dich hinter mir zu verstecken«, erwiderte er und winkte dem Wagen freundlich zu.

Sofort setzte sich der Rolls-Royce in Bewegung und entfernte sich in Richtung Kurfürstendamm.

»James Bond«, sagte Katinka. »Das war wirklich großartig. Du hast sie verjagt.«

»Er wird wiederkommen«, sagte Finley leichthin. »Ich habe ihn in den letzten Tagen öfter hier gesehen.«

Mittags besuchte sie ihren Vater im Krankenhaus. Er schlief, und sie wagte nicht, ihn zu wecken. Katinka fragte eine Stationsschwester, wie es um ihn stünde.

»Also, da kann ich Ihnen keine Auskunft geben, da fragen Sie bitte den Stationsarzt«, sagte die Frau eilig. Der Stationsarzt war natürlich nicht zu finden. Die Stimmung im Krankenhaus bedrückte Katinka. Im Schwesternzimmer klingelte ständig ein

Telefon, ohne dass jemand hinging. Sie saß am Bett ihres Vaters und fühlte eine übermächtige Angst in sich aufsteigen. Sein Atem ging schwer, der Brustkorb hob und senkte sich wie in großer Anstrengung.

Katinka beugte sich an sein Ohr und flüsterte: »Papa, ich bin's. Wach doch mal auf.«

Sie sah ein Zucken in seinen Augenlidern, doch er öffnete seine Augen nicht.

»Ich bin bei dir«, sagte Katinka. Da spürte sie einen ganz leichten Händedruck, und sie redete einfach weiter. »Ich wohne in Zimmer 318. In der Bibliothek habe ich einen Engländer kennengelernt, Finley. Ich soll dich von Zazie grüßen. Es läuft alles ganz gut. Mach dir keine Sorgen. Und ich habe einen Rolls-Royce vor unserem Eingang gesehen, schon zwei Mal. Vielleicht kriegen wir ja doch wieder reiche Gäste.«

Die Mundwinkel ihres Vaters zuckten leicht nach oben. Und dann seufzte er und ließ ihre Hand los.

Berlin ist nicht freundlich im März, es gibt viel Wind und Regen, und so war es auch, als Katinka nachmittags einen Spaziergang durch die Nachbarschaft machte. Sie trug noch ihren Wintermantel und ließ sich vom nassen Wind das Haar zerwühlen.

Sie besuchte die Bäckerei, in der sie als Kind auf ihrem Schulweg immer Lakritz gekauft und die Dackeldame gestreichelt hatte. Die heutigen Verkäuferinnen kannte sie nicht. Auch die Gesichter der Passanten auf der Straße hatten sich verändert. Es waren mehr Neureiche in die Gegend gezogen. In den Seitenstraßen parkte ein schwarzer Porsche Cayenne hinter dem nächsten. Es gab luxuriöse Geschäfte – Prada, Burberry, Cartier, Hermès, Mulberry.

Aber es gab inzwischen auch einen neuen Starbucks, McDonald's und ein Subway, wo Schüler und junge Touristen abhingen.

Ihre Mutter rief an und sagte, dass sie leider nicht mit ihr zu Abend essen konnte. Sie hatte eine Verabredung. »Ein Geschäftsessen, das ich nicht absagen kann. Aber natürlich kannst du bei mir essen. Du hast doch den Schlüssel. Mach's dir gemütlich. Mein Kühlschrank ist voll. Oder du holst dir was beim Japaner. Wir können vielleicht noch ein Glas Wein zusammen trinken.«

Katinka war einverstanden, auch wenn es ihr einen leichten Stich gab, wie eine Erinnerung an frühere Enttäuschungen. Ihre Mutter hatte nie viel Zeit für sie gehabt. Irgendwann hatte sie versucht, sich daran zu gewöhnen, statt ihr Vorwürfe zu machen.

Also ging sie allein zum Japaner und holte sich Sushi und Bier, um es in ihrem Zimmer vor dem Fernseher zu essen. Die Rezeption war nicht besetzt, als sie hereinkam. Sie nahm sich ihren Schlüssel selbst vom Brett und fuhr mit dem ächzenden Aufzug nach oben.

Auf dem Weg zu ihrem Zimmer fiel ihr ein Büschel auf dem Boden des Flures auf. Ein großes Büschel Haare. Es lag am Rand, als sei es einem Gast aus der Tasche gerutscht. Katinka hob es auf und sah es sich genauer an.

Es war eine Perücke. Brünettes, halblanges Haar, leicht gewellt. Ein älteres Modell, und offensichtlich war es häufig benutzt worden. Zwischen den Haaren hatten sich Staubflusen angesammelt. Sie nahm die Perücke mit in ihr Zimmer. Nachher würde sie heruntergehen und sie an der Rezeption abgeben. Vielleicht wusste der Nachtportier, wem sie gehörte. Hotelangestellte haben einen besonderen Blick für Details. Die Besitzerin würde am Morgen nach ihrer verlorenen Perücke fragen.

Als sie gegessen hatte und das zweite Bier trank, folgte sie dem plötzlichen Einfall, die Perücke kurz aufzusetzen. Sie hatte noch nie so etwas getragen und war einfach neugierig, wie es sich anfühlen würde. Sie drehte sich von dem kleinen Spiegel in ihrem Zimmer weg, als wäre es ein etwas peinliches Geheimnis, das ihn noch nichts anging.

Sie setzte sich die Perücke auf und schob sie zurecht. Obgleich sie einen kleinen Kopf hatte, saß das Gummiband straff auf ihrer Stirn. Als sie dann in den Spiegel schaute, entdeckte sie dort eine völlig fremde Frau. Mindestens zehn Jahre älter. Eine unauffällige, leicht verhuschte Berlinerin, gestresst. Vielleicht nicht die hellste Leuchte im Lampenladen, aber vermutlich war das nur Tarnung. Man konnte durchaus sagen, dass sie gut aussah.

Katinka grinste sie mit einem breiten Lächeln an. Die Frau im Spiegel gab das Lächeln zurück.

»Tach«, sagte sie.

Die Frau im Spiegel kicherte los. »Hast schon mal jünger ausgesehen.«

»Danke, wollte ich auch grade sagen. Kennen wir uns überhaupt?«

Katinka prostete sich im Spiegel zu.

Sie trank das Bier aus. Die Perücke drückte ungewohnt gegen ihre Stirn, und Katinka vermied den Blick in den Spiegel. Sie wusste, dass die Frau dort auf sie wartete.

Der Moment wurde unheimlich. Je länger sie im Zimmer stand, ohne sich zu bewegen, desto mehr fühlte sie, dass Katinka in ihr verschwand und die andere Frau zum Vorschein kam.

Dann folgte sie einer plötzlichen Eingebung und verließ ihr Zimmer. Sie ging mit der Perücke durch die Gänge Richtung

Treppenhaus, eine fremde Bewohnerin des Hotels. Wenn einer der Gäste ihr jetzt begegnete, würde er sie nicht erkennen, da war sie sicher. Als sie kurz vor dem Treppenhaus an einem großen schmalen Spiegel vorbeikam, zwinkerte sie der Frau im Spiegel zu und bekam auch prompt ein Zwinkern zurück.

Sie schlich durch das Treppenhaus nach unten und lugte um die Ecke. Drüben an der Rezeption stand der alte Herr Sumbeck und sortierte die Gästerechnungen für den kommenden Vormittag.

Er hob etwas zerstreut den Kopf, als Katinka durch die Lobby zum Frühstücksraum eilte.

»Sorry, it's closed«, sagte er in einem Altmänner-Englisch. Er hatte sie nicht erkannt.

»Oh, that's okay!«, sagte sie mit starkem englischem Akzent und lief zurück zur Treppe.

Als sie am zweiten Stock vorbeikam, beschloss sie, bei Finley anzuklopfen. Er hatte Zimmer 208, das hatte sie schon am Vormittag in der Rezeption herausgefunden.

Es war elf Uhr, also nicht allzu spät. Dennoch war es merkwürdig, als sie vor der Tür stand. Durch die Ritzen sah sie Licht schimmern. Er war also noch wach.

Und dann klopfte sie einfach.

»Wer ist da?«, fragte er, und seine Stimme klang unruhig.

»Ich bin's, Katinka«, sagte sie.

Er öffnete, und als er sie im ersten Moment sah, schreckte er zurück.

»Partytime«, sagte sie, doch sie klang kleinlaut und kindlich, und irgendwie schämte sie sich, dass sie zu ihm gekommen war.

»Schön, dich zu sehen, Kat«, sagte er. »Vermutlich sollte ich jetzt bemerken, dass du beim Friseur gewesen bist. Nun, es sieht sehr interessant aus.«

Er führte sie in sein Zimmer. Sein Bett war bedeckt von Zeichnungen. Auch der Schreibtisch.

»Ich wollte sowieso grade aufhören«, sagte er. »Möchtest du noch etwas rausgehen? So, wie du bist?«

Katinka nickte.

Sie gingen spazieren, den Kurfürstendamm hinunter und auf der anderen Seite wieder hinauf. Finley sagte nicht viel, und Katinka war das lieb. Sie fühlte den Nachtwind in ihrem Gesicht und im Haar, das nicht ihres war.

Als sie wieder an der Schlüterstraße angelangt waren, nahm sie seine Hand, nur für die letzten Meter.

»Das war wirklich sehr schön«, sagte sie zum Abschied vor seinem Zimmer, und als er die Arme öffnete, schlüpfte sie unter ihnen hindurch und lief zum Treppenhaus.

# *Kapitel 9*

Die nächsten Tage vergingen rasch, Katinka dachte nur noch selten ans Internat. Abends las sie die Facebook-Nachrichten von Allie und Kimberley und ihre bohrenden Nachfragen, was sich mit »dem Engländer« weiter ergeben hatte, aber es war nicht wirklich lustig. Die Geschichten aus den Klassen und vom Rugby-Training blieben ihr fremd, und außerdem fielen ihr vor Erschöpfung bald die Augen zu. Auch Miss Cunningham schrieb ihr manchmal, es waren halb offizielle, halb freundliche Mails, wie es ihr und ihrem Vater ginge und ob sie schon wüsste, wann sie wieder am Internatsleben teilnehmen könnte. Es stünden ja auch bald die letzten Klausuren und die mündlichen Prüfungen an, und wenn sie ihren Abschluss nicht gefährden wollte, warnte Miss Cunningham, müsste sie unbedingt erscheinen.

Katinka antwortete nicht darauf. Schottland war in den Hintergrund gerückt, und es erschreckte sie manchmal, wie schnell das geschehen war. Nur wenn sie in den Berliner Himmel blickte, frühmorgens oder spätabends, dann dachte sie an die Wolken über dem Internat und spürte ein Heimweh. Das waren seltene Momente.

Das Hotel war jetzt ihr Leben. Das *Marabu* hatte auf stille, aber unbezwingbare Weise von ihr Besitz ergriffen. Sie liebte das Haus, sie liebte die alten Wände, den Geruch am Morgen, das Klappen der Türen. Sie mochte die Gäste und ihre Geschichten. Und sie mochte Finley.

Er wartete am Vormittag oft im Foyer auf sie, und dann gingen sie hinaus, um auf die Ankunft des hellgrauen Rolls-Royce zu warten. Er kam nicht jeden Tag. Und wenn er kam, dann hielt er nicht immer an, sondern fuhr langsam vorbei.

»Wink doch einfach mal«, sagte Finley.

Aber Katinka konnte es nicht auf die leichte Schulter nehmen. Sie dachte an das Gesicht der alten Dame, das sie bei ihrer Ankunft kurz, aber deutlich gesehen hatte. Und die alte Dame hatte auch sie gesehen, da war sie sich sicher.

»Das ergibt keinen Sinn«, sagte Finley. »Vielleicht hast du geträumt, dass sie dich kennt.«

Katinka verzichtete deshalb lieber darauf, ihm von der großen schwarzen Katze zu erzählen, die neben der alten Dame den Kopf gehoben hatte. Auch diese Katze ging ihr nicht aus dem Sinn. Wenn es überhaupt eine Katze war.

Katinka half im Hotel, wo sie nur konnte. Auch wenn sie nur wenig geschlafen hatte, stand sie um Punkt sieben Uhr an der Rezeption. Zazie war meist auch schon da, frisch und ausgeschlafen. Sie war eine der Frauen, die morgens summen.

Die alltäglichen Abläufe waren gut eingespielt, wenn auch ihr Vater fehlte und ihre Mutter sich nicht um das Geschäft kümmerte. Katinka vermisste ihren Großvater. Er hatte immer genau gewusst, was zu tun war. Und er konnte klare und ruhige Anordnungen geben. Sie selbst kam sich komisch dabei vor.

Meistens musste sie Herrn Sumbeck, den Nachtportier, in dem engen Kabuff neben der Rezeption aufwecken. Manchmal kam er ihr entgegen, mit verquollenem Gesicht und zerknittertem Jackett, den Schlips als lässige Schlinge um den Hals. »Morgen«, murmelte er schuldbewusst.

Was sollte sie tun? Katinka fand es peinlich, doch sie fühlte sich nicht imstande, den alten Mann darauf hinzuweisen, dass er während seiner Nachtschichten nicht schlafen sollte.

Trotzdem ging das natürlich überhaupt nicht. Wenn Geschäftsleute früh abreisen wollten, weil sie ein Meeting um sieben Uhr dreißig hatten, dann sollte kein verschlafener alter Mann mit Mundgeruch an der Rezeption stehen, sondern eine hübsche und fröhliche junge Frau, die ihr großartiges Leben noch vor sich hatte. Also Zazie.

Zazie war eine Klasse für sich. Dezent geschminkt. Ihre Augen strahlten. Ihre Bluse saß perfekt. Ihre Laune war stets überwältigend gut, sie sprühte vor Begeisterung für diesen Tag.

»Guten Morgen! Gut geschlafen?«

Sie winkte den Gästen zu, die zum Frühstückssaal gingen oder draußen vor der Tür die Morgenzigarette rauchten. Sie winkte allen so herzlich zu, als wären sie ihre allerbesten Freunde und hätten gestern zusammen gefeiert.

»Hey, guten Morgen, wie geht's?«

Katinka brachte derweil Herrn Sumbeck zum Personaleingang des Hinterhofs. Er tappte wie ein erschöpfter Tanzbär durch den dunklen Flur. Zwei Zimmermädchen, die eben zu ihrer Schicht hereinkamen, erschraken bei seinem Anblick, denn er schien noch im Gehen zu schnarchen. Sie drückte ihm die Hand zum Abschied.

»Schlafen Sie sich aus, Herr Sumbeck, wir brauchen Sie heute Nacht wieder!«, sagte sie.

Er hielt ihre Hand fest und sagte mit gefühlvoller Stimme: »Grüßen Sie Ihren Vater von mir.«

»Auf jeden Fall, er fragt nach Ihnen. Er lässt Sie grüßen.«

Herr Sumbeck sah sie zweifelnd an. Schwindeln war nicht ihre Stärke.

»Ich wünsche ihm, dass er wieder auf die Beine kommt. Aber ich mache mir Sorgen. Wenn der Kapitän von Bord geht, tanzen die Mäuse auf den Tischen. Und das geht nicht lange gut, Katinka. Dieses Hotel braucht einen Kapitän mit ruhiger Hand, wie Ihren Großvater.«

Katinka hatte jetzt keine Zeit für die alten Geschichten von Herrn Sumbeck, deshalb nickte sie eilig.

»Sehen wir uns heute Abend?« Sie fürchtete immer, dass er sie eines Tages im Stich lassen würde.

»Ich werde da sein, Katinka. Sie können sich auf mich verlassen.«

Langsam hob er eine Hand und ging dann schlaftrunken die Straße hinunter, sein zerknitterter Anzug blähte sich im Wind. Von fern erinnerte er Katinka an eine Vogelscheuche aus vergangenen Tagen. Doch sie brauchte diese Vogelscheuche für die Nächte im Hotel.

Die beiden Zimmermädchen zogen sich um. Sie kamen aus Polen und arbeiteten für einen erbärmlichen Stundenlohn, aber sie brauchten das Geld, und anderswo zahlte man noch weniger.

Ab acht Uhr wurden die Teppiche in den Gängen gesaugt und die ersten Zimmer gemacht. Das weckte dann auch die anderen Gäste. Durchaus beabsichtigt. Im *Marabu* war um zehn Uhr Schluss mit dem Frühstück, dann sollten die Gäste hinaus in den Tag oder abreisen. Bei der Vielzahl der Zimmer war der Vormittag im Nu vorbei und nur die Hälfte der Zimmer gemacht.

Die Zimmermädchen waren flink, doch sie durften dabei nicht pfuschen. Deshalb ging Katinka hinterher, oder sie machte die Arbeit mit ihnen. Sie waren schneller als Katinka, denn sie kannten die Handgriffe seit Monaten und manchmal Jahren: Vorhänge aufziehen und ordnen. Fenster weit öffnen. Heizung schwächer stellen. Gläser, Flaschen, Geschirr auf einem Tablett vor die Tür stellen. Papierkorb leeren und neue Plastiktüte einspannen. Bettwäsche abziehen: Kopfkissen, Bettzeug, Betttuch. Neu beziehen. Die schmutzige Bettwäsche kam in den Wäschesack am Etagenwagen. Aufschütteln der Kopfkissen und Bettdecken. Schlafanzüge oder T-Shirts auf dem Bett falten. Handtücher wechseln. Alle freien Flächen feucht abwischen: Nachttisch, Schreibtisch, Stuhlrücken. Blick in den Kleiderschrank, ob etwas vergessen wurde. Kleiderbügel in eine Richtung ordnen. Blick in die Nachttischschublade, ob die hauseigene Bibel auslag. Die Titelseite musste nach oben zeigen, das hatte ihr Großvater ihr mit solchem Nachdruck beigebracht, als gäbe es im ganzen Betrieb kein wichtigeres Detail.

Bei den Gästen, die noch länger blieben, wurden die Sachen behutsam geordnet, so vorsichtig, dass die meisten Gäste es nicht merkten. Sie bekamen genug Beschwerden, dass die Zimmermädchen ihre »Ordnung durcheinandergebracht« hätten. Dabei war es schier unglaublich, wie manche Leute in ihrem Hotelzimmer hausten. Einige verteilten ihre gesamte Garderobe über Bett, Möbel und Fußboden. Andere schliefen gern auf dem Fußboden oder räumten das gesamte Zimmer um. Andere wiederum waren überaus ordentlich und pingelig, da standen Zahnbürste und Rasierschaum in einem akkuraten Abstand, und wenn das Zimmermädchen die Sachen nur um zwei Zentimeter verrückte, gab es am Nachmittag einen hysterischen Auftritt unten in der Lobby.

Das *Marabu* war auch bei Schulklassen aus dem Bundesgebiet beliebt, weil es verhältnismäßig preisgünstig war, was vor allem an den Duschräumen lag. Für ein Zimmer mit einem Waschbecken, aber Toilette und Dusche den Gang runter, konnte man nicht mehr verlangen, als die Hostels kosteten, die jetzt überall in der Stadt aufmachten.

Schulklassen, das hieß: Bierflaschen, Energydrinkdosen, Wein in Tetrapaks, Pizzaschachteln ohne Ende, Tampons, benutzte und unbenutzte Gummis, Kekspackungen, Chipstüten, Ketchupflecken an der Zimmerdecke, seltsame Kabel und Ladegeräte, und manchmal lag dann noch ein Jugendlicher unterm Bett und schlief seinen Rausch aus, während seine Klasse schon längst wieder nach Paderborn abgefahren war.

»Was ist mit Ihrem Vater, Katinka?«, fragten die Zimmermädchen, wenn sie endlich mit dem Etagendienst fertig waren. »Wann kommt er wieder? So ein netter Chef, nie ein böses Wort.«

Katinka musste zugeben, dass sie es nicht wusste.

»Bitte grüßen Sie von uns, wir alle beten für ihn.«

Zwischendurch schaute sie kurz bei den Küchenfrauen vorbei, die zu dritt am Fenster lehnten und rauchten, während sie darauf warteten, dass die Gäste fertig wurden. Eigentlich sollte immer eine von ihnen draußen im Frühstückssaal und ansprechbar sein, wenn der Kaffee zur Neige ging oder ein Gast besondere Wünsche hatte.

Die Küchenfrauen waren schwierig. Katinka hatte nicht gern mit ihnen zu tun, weil sie ihre schnippische Art fürchtete. Vielleicht bildete sie sich das nur ein, aber die Blicke der Frauen waren abfällig, wenn sie hereinkam und erst mal mit den Händen wedelte, weil der Zigarettenrauch durch die ganze Küche wehte.

»Hier sollte nicht geraucht werden«, sagte sie.

»Wir stehen doch am Fenster«, erwiderte eine der Küchenfrauen.

»Gehen Sie, wenn Sie unbedingt rauchen müssen, in den Hinterhof«, sagte Katinka. Sie sagte es so scharf, wie es ihr möglich war.

Die Küchenfrauen verdrehten die Augen und bliesen den Zigarettenrauch betont langsam aus.

»Schon gut, Chefchen«, murmelte eine.

»Wie bitte?«, fragte Katinka.

»Nichts.«

In solchen Momenten fragte Katinka sich, ob sie auch mit ihrem Vater so umgesprungen waren.

Mittags stand sie mit Zazie an der Rezeption, nahm Schlüssel entgegen und druckte Rechnungen aus.

Zazie stupste sie mit dem Ellenbogen an. »Was ist los mit dir?«

»Die Küchenfrauen sind zickig«, sagte Katinka. »Und sie rauchen in der Küche, obwohl ich ihnen das verboten habe.«

Das Telefon klingelte, ein Gast rief vom Bahnhof aus an, er hatte seinen Wecker auf dem Nachttisch vergessen. Katinka versprach, sich um den Wecker zu kümmern. »Kein Problem, den schicken wir nach, machen wir gern.«

In der Eingangshalle sammelte sich eine Schulklasse, die erst nachmittags abreiste und ihr Gepäck bis dahin in der Lobby lassen wollte.

»Wir reden nachher«, sagte Zazie.

Dann drängten auch schon die ersten neuen Gäste ins Hotel. Einige kamen vom Flughafen und waren total erschöpft nach ihrem neunstündigen Flug. Japaner. Amerikaner. Sie hatten reserviert, aber ihre Zimmer waren um halb zwölf noch nicht fertig.

»Wir kümmern uns sofort darum! Bitte haben Sie noch eine halbe Stunde Geduld!«

Sie schauten Katinka verständnislos an, bis sie es auf Englisch wiederholte. Sie schickte die übermüdeten Leute in den Frühstückssaal, damit sie sich zumindest hinsetzen konnten, und lief los, um die Zimmermädchen in die Zimmer umzulenken. Die würden begeistert sein und sich mächtig ins Zeug legen. Die Amerikaner und Japaner waren bei ihnen sehr beliebt, weil sie immer ein gutes Trinkgeld daließen. Innerhalb von zwanzig Minuten waren die Zimmer fertig, und die Neuankömmlinge schauten Katinka so dankbar an, dass ihr Tag erst einmal gerettet war.

Jedenfalls, bis die Post kam. Davor hatte sie mittlerweile wirklich Angst. Denn allein schon die Briefumschläge versprachen Unheil. Da waren die gelben Umschläge vom Zollamt. Briefe von der Bank und vom Finanzamt. Die Rechnungen mit dem Vermerk im Sichtfenster: *Zweite Mahnung.* Außerdem die Briefe von verschiedenen Inkassounternehmen.

Katinka fühlte, wie ihr Herzschlag sich beschleunigte, wenn sie diese Briefe in der Hand hielt, und legte sie möglichst rasch auf den großen Haufen der anderen. Sie alle warteten auf die Rückkehr ihres Vaters aus dem Krankenhaus, und sie konnte nur zu gut verstehen, dass er sich damit Zeit ließ.

# *Kapitel 10*

Auch wenn sie abends von der Arbeit im Hotel oft so müde war, dass Finley vergeblich vorschlug, noch für eine Stunde nach draußen zu gehen, konnte Katinka in manchen Nächten nicht einschlafen. Eine Unruhe kam über sie, sobald sie in ihrem Bett lag. Sie starrte dann auf das Bild eines verrückten Schauspielers, das gegenüber an der Wand hing. Er schien auf Katinka herabzusehen und sie auszulachen.

Sie zog sich wieder an und wollte nachschauen, ob bei Finley noch Licht brannte. Manchmal arbeitete er bis in den frühen Morgen hinein.

Doch als sie in den zweiten Stock kam, drang kein Licht durch die Türritzen von Finleys Zimmer, und sie traute sich nicht zu klopfen. Stattdessen begegnete sie dem eigenartigen Herrn Skripnik, der mit halb geöffnetem Mund an einer Wand lehnte.

»Was machen Sie denn hier?«, flüsterte sie.

»Es kann nicht mehr lange dauern«, sagte Herr Skripnik mit spürbarer innerer Zufriedenheit. »Meine Forschungen sind fast abgeschlossen.«

»Sie sollten schlafen gehen, Herr Skripnik«, sagte Katinka. Sie hatte keine Nerven mehr, sich mit einem wunderlichen älteren Herrn zu unterhalten.

»Urteilen Sie nicht allzu scharf über mich, ich bitte Sie«, sagte der alte Mann mit dem kahlen Haupt. Seine Finger strichen so behutsam über die Tapeten des Flurs, als wären winzige Augen und Ohren in den Fingerkuppen versteckt, die wahrnehmen konnten, was sich im Inneren der Wände abspielte.

»Viele Jahre meines Lebens habe ich darangesetzt, das Geheimnis dieses Hauses zu enträtseln«, sagte er. »Viele Jahre.«

»Dieses Haus hat kein Geheimnis«, sagte Katinka.

Herr Skripnik hörte ihr nicht zu.

»Das Geheimnis wird sich bald offenbaren«, murmelte er und entfernte sich langsam von ihr. Seine Hände strichen über die Tapete hin, die Finger waren lang und dünn wie Spinnenbeine.

Als sie wieder in ihrem Zimmer war, kontrollierte Katinka zwei Mal, ob ihre Tür gut abgeschlossen war.

Finley lachte sie aus, als sie ihm am nächsten Morgen von der Begegnung erzählte.

»Ich mag ihn«, sagte er. »Ein unglaublich belesener Mann, er kennt alles. Die ganze Kunstgeschichte. Jedes Bild. Jedes Detail von Hieronymus Bosch. Jeden Pinselstrich von Lucas Cranach. Und er ist völlig verrückt: Er steht jeden Morgen vor dem Panther-Bild im Bibliothekszimmer. Es ist kein Original. Das weiß er auch. Trotzdem steht er da und lässt seine langen Finger vor dem Bild tanzen, als könnte er es hypnotisieren. Er betet dieses Bild an. Irgendwann wird er es schaffen, dass der Panther lebendig wird und aus dem Bild herausspringt.«

Eines Abends in der Woche darauf klopfte es zaghaft an Katinkas Zimmertür.

»Ich muss bitte mit Ihnen sprechen, Fräulein Schwartz«, sagte eine heisere Stimme.

»Wer sind Sie denn?«, fragte sie. Mit einem Schlag war sie wieder wach.

»Skripnik, Sie kennen mich doch. Eduard Skripnik. Bitte sprechen Sie mit mir.«

Katinka wollte ihm die Tür nicht öffnen. Sie erwartete, dass er mit erhobenen Händen vor ihr stünde, die langen Finger ausgestreckt in ihre Richtung.

Sie rief Finley an, der auch gleich ans Zimmertelefon ging und zusagte, nach oben zu kommen.

Dann öffnete sie. Herr Skripnik stand vor ihr und rang die Hände. Er wirkte klein und in sich gewunden, als bewahrte er in sich ein riesiges Geheimnis, das zu schützen über seine Kräfte ging.

»Dies ist die Nacht der Offenbarung«, sagte er, und Katinka hoffte, dass Finley sich beeilte.

Sie hatte keine Angst, dass er sie überwältigten könnte, dazu war sie ihm körperlich allemal überlegen. Sie kannte sich einfach nicht mit wunderlichen Leuten aus, die an der Tür stehen und die Nacht der Offenbarung verkünden.

»Bitte folgen Sie mir, dann werden Sie mir glauben«, sagte Skripnik und machte mit der Hand eine krallenartige Bewegung, als lade er unsichtbare Heerscharen ein, ihm zu folgen. Finley tauchte eben im Gang auf, und sie gingen zu dritt ins Bibliothekszimmer.

Skripnik stellte sich vor das Bild des Panthers, der aus dem Halbschatten des dichten Unterholzes auf sie herabblickte und seine Zähne bleckte. Oder lächelte er? Katinka musste unwillkürlich an den Kopf der schwarzen Katze denken, die an der Seite der alten Dame ruhte. Doch der Rolls-Royce war immer so schnell davongefahren, dass sie nie einen zweiten Blick auf die Katze hatte werfen können.

»Hinter diesem Bild befindet sich ein zweites Bild«, sagte Skripnik feierlich. Seine Stimme zitterte. »Ich möchte daher Sie, liebe Frau Schwartz, als die Tochter des Hauses und Statthalterin der Reichtümer dieses Hotels, um die Erlaubnis bitten, das Bild abzuhängen und nachzuschauen.«

Er blickte sie erwartungsvoll an.

»Wie kommen Sie darauf?«, fragte Katinka. Sie war froh, dass Finley neben ihr stand. Von Skripnik ging ein solches Vibrieren aus, dass sie lieber nicht allein mit ihm gewesen wäre.

»Ich weiß es«, sagte er. »Mir wurde die Kunde zuteil.«

Katinka schaute Finley an, er zuckte mit beiden Schultern.

»Okay«, sagte sie. »Dann gucken wir mal nach.«

Finley und Skripnik rückten zwei Stühle heran, stiegen hoch und nahmen das Bild des Panthers herunter. Sein Gesicht glitt auf Katinka zu, dann stellten sie das Bild ab. Es reichte ihnen bis an die Hüfte.

Skripnik tastete mit seinen empfindsamen Fingern über die Rückwand. Finley beobachtete die Bewegungen des alten Mannes.

Er brauchte nicht lange, bis er ein fast quadratisches Bild aus dem Zwischenraum zweier Leinwände hervorzog.

Es zeigte einen Leierkastenmann, an dessen rechtes Bein sich ein Junge klammerte. Dieser Junge trug einen Matrosenanzug, wie ihn viele Kinder vor hundert Jahren trugen. Der Mann schaute aus unendlich traurigen Augen, eigentlich vollständig dunklen Augenhöhlen, weit in die Ferne. Über seiner rechten Schulter lag ein Spitzentuch. Vor ihm stand sein großer Leierkasten, und es wirkte, als würde er nie wieder spielen. Im Hintergrund schleppten Leute mit bleichen Vollmondgesichtern riesige Sonnenblumen durch die Nacht. Ansonsten war die Welt des Bildes dunkel und leer. Es gab keine Hoffnung mehr.

Die drei im Bibliothekszimmer schwiegen. Draußen fuhren hin und wieder Autos vorbei, sonst war es still. Das Hotel schlief.

»Das ist wunderschön«, sagte Katinka.

»Ich habe es gewusst«, sagte Skripnik. »Felix Nussbaum. *Leierkastenmann*. 1931.«

Finley nickte. »Es ist unglaublich. Wie konnten Sie das wissen?«

Der alte Mann sagte nichts. Seine Hände waren gefaltet, und er konnte den Blick nicht vom Bild wenden.

»Was machen wir jetzt?«, fragte Katinka. »Müssen wir die Polizei holen? Wem gehört das Bild?«

»Mir«, sagte Skripnik. »Es gehört mir und niemandem sonst.«

»Okay«, sagte Finley. »Sie haben es gefunden. Das ist wahr. Wie Sie es gefunden haben, kann ich nicht nachvollziehen, doch es ist tatsächlich da. Aber das heißt doch nicht, dass Ihnen dieses Bild zusteht!«

Skripnik schaute den jungen Engländer lange an, und aus seinem anfangs noch flehentlichen Blick wurde ein fester und zorniger Blick, vor dessen Wildheit Katinka zurückwich.

»Felix Nussbaum war mein Großonkel«, sagte er. Er griff in seine Jackettinnentasche und holte einen Umschlag hervor. Dann entfaltete er ein Schreiben mit drei eng beschriebenen Seiten.

»Er ist vor den Nazis aus Berlin geflohen. Sie hatten schon im Jahr vorher sein Atelier angezündet, dabei verbrannten über hundert seiner Werke. Dieses Bild konnte er retten. Er hat es bei Freunden versteckt. Als diese Freunde selbst aus Berlin fliehen mussten, brachten sie es hierher, in dieses Haus. Hier lebte jemand, der das Bild aufnahm und hütete, es durch die Jahre der Naziherrschaft brachte, als solche Bilder vernichtet wurden. Den Namen der Person kenne ich nicht, ich habe sie nie getroffen. Wahrscheinlich lebt sie nicht mehr. Doch in diesem Brief wurde mir beschrieben, in welchem Haus ich suchen sollte. Ich habe das Bild gefunden und werde es mitnehmen, denn es gehört in meine Hände.«

Katinka und Finley wichen zurück, sie wussten nicht, was sie sonst tun sollten. Der alte Mann nahm das Bild vorsichtig hoch, trug es hinaus in den dunklen Gang und verschwand in seinem Zimmer.

Er musste noch in derselben Nacht abgereist sein, denn Skripnik kam nicht zum Frühstück, und als die Zimmermädchen im Laufe des Vormittags an seine Tür klopften, fanden sie es leer vor. Auf der Bettdecke lagen der ausstehende Betrag für den Monat und ein Gruß an Katinka und Finley.

# *Kapitel 11*

Katinka stand das Bild vom Leierkastenmann den ganzen Tag über deutlich vor Augen. Die trüben, braungrünen Farben einer Welt, die rettungslos verloren zu sein schien, einer Welt der Trauer und des Schmerzes. Sie meinte fast, die ungespielten Klänge des Leierkastens zu hören, die Frage des kleinen Jungen, wo seine Mutter geblieben war. An diesem Tag fand sie jedoch keine Gelegenheit, mit Finley über den nächtlichen Fund zu sprechen.

Am Nachmittag fuhr sie hinüber zum Krankenhaus, ihr Vater war verlegt worden. Die Schwester führte sie zur neuen Station, die viel belebter war als die Intensivstation. Einige der Patienten gingen mit ihren Besuchern auf dem Gang hin und her.

Nur ihr Vater lag still in seinem Bett. Es schien ihm nicht besser zu gehen.

»Herr Schwartz, Sie haben Besuch!«, rief die Pflegerin, aber er reagierte nicht darauf.

»Er hört Sie, und er freut sich ganz sicher, dass Sie da sind«, sagte sie, ehe sie die Tür hinter sich schloss.

Katinka setzte sich an den Bettrand und nahm seine Hand. Sie fühlte sich warm und doch zerbrechlich an. Er begrüßte sie mit einem leichten Druck seiner Fingerspitzen. Und in seinem Blick lag ein heller Schimmer, als freute er sich wirklich, sie zu sehen.

In der folgenden Stunde erzählte sie ihm alles. Fast alles. Von den fiesen Mienen der Küchenfrauen. Von den Beschwerden der

Gäste über die ausgetretenen Teppichböden und die muffigen Duschräume. Auch davon, dass ihre Mutter sich offenbar immer weiter vom Hotel entfernte.

»Du fehlst«, sagte sie. »Du fehlst uns allen. Alle fragen nach dir. Herr Sumbeck, Zazie, selbst die Zimmermädchen. *Ist ein guter Mensch, dein Vater!,* sagen sie. Selbst einige der Gäste haben nach dir gefragt. Aber es läuft wirklich gut zurzeit. Wir sind fast ausgebucht. Und wir schaffen das auch. Trotzdem fehlst du.«

Er hörte nur zu. Manchmal spürte sie den Druck seiner Hand. Manchmal wendete er den Kopf ab und schaute an die Zimmerdecke. Ein oder zwei Mal versuchte er, etwas zu sagen, doch seine Lippen bewegten sich vergeblich, und er gab es bald wieder auf.

»Ich kann nicht mehr lange bleiben«, sagte Katinka nach einer Stunde. »Du musst gesund werden. Ich muss zurück ins Internat und die Abschlussklausuren schreiben. Miss Cunningham nervt deswegen schon. Du musst gesund werden. Ich komme gleich nach dem Abschluss wieder.«

Sie fühlte sich ein wenig besser, nachdem sie es ausgesprochen hatte. Von Skripnik sagte sie nichts. Sollte sie ihm davon erzählen? Sie hatte zusammen mit Finley das Bild des Panthers wieder an die Wand des Bibliothekszimmers gehängt. Niemand konnte ahnen, dass dahinter ein anderes Bild versteckt gewesen war, das nun fehlte. Und es fehlte ja nicht, es war in die Hände seines Eigentümers gelangt. Wahrscheinlich wusste auch ihr Vater nichts von diesem Geheimversteck der früheren Jahre. Sie wollte ihn nicht unnötig aufregen.

Ihr Vater schien mit allem einverstanden zu sein. Er hatte die Augen geschlossen, sein Gesicht wirkte weit entfernt, doch Katinka meinte ein Nicken zu sehen. Sie schmiegte ihren Kopf an seine Seite und spürte, wie seine Rippen sich mit den Atemzügen hoben und senkten. So hatte sie es auch als Kind getan.

Seine Hand legte sich auf ihr Haar.

Er streichelte sie.

Sie zögerte den Abschied so lange hinaus, wie sie nur konnte.

Auf dem Heimweg legte sich eine schwere Traurigkeit auf sie und hüllte sie ein wie eine muffige Decke. Sie fühlte sich erschöpft und hässlich und wusste nicht, wie sie diese Decke abwerfen konnte.

Sie klopfte spät an Finleys Tür, und als er öffnete, musste sie nichts sagen. Er nahm sie einfach nur in die Arme und hielt sie fest. In dieser Nacht blieb sie bei ihm, sie schlief einfach ein, während er noch zeichnete.

Vom Aschenputtel hieß es: *Da musste es von Morgen bis Abend schwere Arbeit tun, früh vor Tag aufstehn, Wasser tragen, Feuer anmachen, kochen und waschen.* Auch Katinka stand früh auf, um halb sechs. Sie ließ Finley weiterschlafen und rannte auf Zehenspitzen in ihr Zimmer, holte ihre Handtücher und schlüpfte schnell in die Duschräume, ehe die anderen Gäste aufstanden. Dann zog sie sich an und ging hinunter zur Rezeption, um Herrn Sumbeck zu wecken.

Als sie in das kleine Büro blickte, hatte sie ein schuldbewusstes Gefühl, als schaute sie in Blaubarts Kammer. Als dürfte sie diesen Raum nicht betreten. Vielleicht lag es einfach daran, dass die ungeöffneten Briefe eine mittelschwere Panik in ihr weckten. Das ganze Chaos der Geschäftsordner aus verschiedenen Jahren, aus Bestellungen, Katalogen, Reservierungen ängstigte sie.

Herr Sumbeck lächelte schuldbewusst, weil er »nachts ein

wenig geschlafen« hatte. Als er sich aus dem Ledersessel hievte, klebte eine zerknitterte Rechnung an seinem Anzug.

Sie wies die Zimmermädchen an, welche Räume sie putzen sollten. Dann ging sie hinüber zur Küche. Die Küchenfrauen waren, für ihre Verhältnisse, ausgesprochen freundlich. In der Lobby hatte jemand eine alte Platte von Amy Winehouse aufgelegt.

Und den Gästen ging es sichtlich gut. Sie kamen frisch und munter zum Frühstück herunter, eine Gruppe von Mädchen kicherte über eine ironische Bemerkung. Zwei japanische Touristen machten dauernd ihre Verbeugungen. Ein müder Geschäftsmann knisterte mit der Morgenzeitung.

Katinka setzte sich in eine Ecke und trank einen Kaffee. Sie fühlte sich einfach nur müde. Und glücklich. Und traurig. Sie spürte noch Finleys Arm, den er beim Schlafen über sie gelegt hatte. Es war lange her, dass sie neben einem Mann eingeschlafen war. Moment, sie war zuerst eingeschlafen, er hatte sich nur dazugelegt. Hätte er ja nicht tun müssen. Er hätte sie auch wecken können. Er hatte sich aber neben sie gelegt. Er hatte sie sogar in die Arme genommen, als sie aus dem Krankenhaus gekommen war. Sie sah das Gesicht ihres Vaters wieder vor sich. Er hatte seine Hand auf ihren Kopf gelegt, und für einige Minuten hatte sie sich wieder wie ein Kind gefühlt, geborgen. Doch der Weg aus dem Krankenhaus war furchtbar gewesen. Und dann kam das Bild vom Leierkastenmann wieder, der braungrüne Himmel ohne Hoffnung. Und Skripniks schmale, lange Finger, vor denen sie sich gefürchtet hatte. Sie war wirklich müde. Und hatte trotzdem das Gefühl, sie müsste jetzt bei der Morgenschicht helfen.

Zazie winkte ihr zu: »Ich mache den Frühdienst, lass dir ruhig Zeit!« Herr Sumbeck verabschiedete sich mit einer schläfrigen Geste.

Der Vormittag verging, und Katinka stand ziemlich neben sich. Die Zimmermädchen kamen allein zurecht, sie lehnte an der Rezeption und versuchte den Gästen zu helfen, die neu ankamen. Aber sie vergaß dauernd, was sie eigentlich machen wollte. Verwechselte die Schubladen, die Formulare, die Zimmerschlüssel.

»Kat, lass mich das machen«, sagte Zazie schließlich. »Du siehst so fertig aus, leg dich doch einfach noch mal hin.«

Vor ihnen stand eine Familie aus Irland; sie alle starrten entsetzt auf die Rechnung, vier rothaarige Leute mit unendlich vielen Sommersprossen und wenig Geld.

»Ich mach das hier, leg dich hin«, sagte Zazie. »Wir können später reden.«

Katinka ging die Treppen nach oben in den dritten Stock, schlich ihren Gang entlang bis zum Zimmer 318.

Die Zimmermädchen waren noch in den unteren Etagen beschäftigt. Die Gäste waren abgereist oder in der Stadt unterwegs.

Sie stand eine Weile in ihrem Zimmer und schaute sich um, ratlos. Vor ihrem Fenster begann ein heller, freundlicher Tag. Die Kastanien bekamen die ersten Knospen. Alle Leute waren unterwegs, um ihre Geschäfte aufzunehmen. Ein ganz leichter, warmer Wind mit einer Ahnung von Frühling wehte herein. Sie schloss das Fenster. Zog die Vorhänge wieder zu.

Kurz nachdem sie eingeschlafen war, kam der Anruf, vor dem sie sich seit Wochen am meisten gefürchtet hatte.

Es war Zazie: »Kat, es tut mir leid, das Krankenhaus hat angerufen. Du sollst zurückrufen oder kommen.«

Da wusste sie es schon. Ihr Vater war gestorben.

# *Kapitel 12*

Sieben Tage vergingen bis zur Beerdigung. Katinka kamen sie unwirklich vor. Sie schlief sehr schlecht und war ständig übermüdet. Wenn sie sich im Spiegel sah, erschrak sie vor ihren Augenringen. Und trotzdem ging sie jeden Morgen nach unten, um an der Rezeption zu helfen oder mit den Zimmermädchen durch die Zimmer zu gehen. Sie wollte da sein, wollte mit anpacken. Vor allem wollte sie nicht allein sein.

Wenn sie ehrlich war, dachte sie nicht oft an ihren Vater. Manchmal schien es ihr, als läge er weiterhin im Krankenhaus und könnte vielleicht doch gesund werden. Oder sie wünschte sich, dass er ihr unvermittelt in einem der Hotelflure begegnete. Sei nicht blöd, dachte sie, er ist tot, nimm es hin. Doch dann fühlte sie eine bleierne Last in ihrer Brust. Nachts schlief sie nicht, sondern sorgte sich. Wie sollte es nun weitergehen? Wer würde nun die Geschäfte des Hauses führen? Gab es ein Testament? Wer zahlte den Angestellten ihren Lohn? Sie wusste es nicht. Sie grübelte. Und sie ärgerte sich über ihre Mutter, die sich kaum einmal im Hotel blicken ließ. Sie hatten sich im Krankenhaus gesehen, als der Arzt ihnen die Umstände des Todes schilderte. Die Erklärungen gingen an Katinka vorbei, und ihre Mutter war ihr fremder denn je.

Auch im Hotel hatte sich die Atmosphäre spürbar gewandelt. Natürlich sollten die Gäste nichts vom Trauerfall erfahren. Katinka bemühte sich um einen besonders freundlichen und frischen Tonfall. Doch im Frühstückssaal ging es gedämpfter zu.

Die Vorhänge, die normalerweise für die Morgensonne weit geöffnet waren, blieben nun bis auf einen kleinen Spalt geschlossen, sodass der Saal in einem bedrückten Halbdunkel lag. Die Gespräche waren entsprechend leise. Alle verhielten sich, als gingen sie auf Zehenspitzen.

Katinka hatte selten so viele missmutige Gesichter unter den Hotelgästen gesehen. Selbstverständlich konnte das nicht mit dem Tod ihres Vaters zusammenhängen, doch es fiel ihr auf. Es war, als litte das ganze Haus an einer depressiven Verstimmung.

Finley war für einige Tage verreist, behielt aber sein Zimmer, weil er danach wieder nach Berlin zurückkommen wollte. Katinka war froh, dass er sie nicht mit diesen Augenringen sah, doch sie hätte gern noch einmal seine Umarmung gespürt. Sie fühlte sich allein gelassen und wusste nicht, mit wem sie sonst sprechen konnte. Also lag sie Nacht für Nacht wach und grübelte. Wie würde das *Marabu* weiter bestehen können? Welche Schritte musste sie nun tun? Was wollte sie eigentlich? Wollte sie zurück ins Internat für den Schlussabschluss, oder wollte sie hierbleiben? War es ihre Schuld, dass ihre Mutter einsilbig und abweisend war? Oder verhielt sie sich selbst so?

Hinzu kam, dass in diesen Tagen ein Herr Schwenckendorff in der Lobby saß. Er war ein stadtbekannter Immobilienhändler und Investor. Offensichtlich hatte er ein starkes Interesse an diesem Haus. Er wollte sich nichts anmerken lassen, Katinka spürte aber seine innere Gier. Jetzt saß er auf der roten Couch, las eine Zeitung und ließ dabei seinen Blick durch den Empfangsbereich schweifen. Ein stattlicher Mann mit einem frischen, geröteten Gesicht. Er nahm Raum ein. Die Welt gehörte ihm.

»Was kann ich für Sie tun?«, fragte Katinka.

»Das wollte ich eben Sie fragen«, sagte Schwenckendorff. »Setzen Sie sich doch für einen Moment zu mir.«

Katinka setzte sich neben ihn, sie kam sich sofort klein und ungeschickt vor. Seine körperliche Präsenz war beeindruckend.

Er wandte sich ihr zu und sagte mit gedämpfter Stimme, die dennoch in der ganzen Lobby zu hören war: »Mein Beileid zu dem schweren Verlust, Frau Schwartz. Wie Sie sicherlich wissen, habe ich die Geschichte dieses Hauses lange begleitet. In guten wie in schlechten Zeiten, wie man so schön sagt. Seien Sie meiner tiefen Anteilnahme versichert.«

»Danke, das ist sehr freundlich von Ihnen«, sagte Katinka, und das meinte sie auch. Aber es wäre ihr lieber gewesen, wenn er nun seinen Platz geräumt hätte. Ihre Lobby war kein Wartesaal.

Der Investor rührte sich jedoch nicht von der Stelle. Er strich sich nachdenklich über die Wangen und tippte sich mit einer Fingerspitze auf die Lippen, als wollte er die richtigen Worte wählen.

»Ihr Vater war ein guter Mensch«, sagte Schwenckendorff. »Er hat an dieses Hotel geglaubt, das habe ich immer bewundert. Ich habe ja viele Häuser in dieser Gegend, doch ich habe noch keines, in das ich mich so gern mit einer Zeitung setze, einfach um die Atmosphäre zu genießen. Wenn ich etwas für Sie tun kann, für dieses Haus, dann scheuen Sie sich bitte nicht, es mir zu sagen.«

»Das freut mich zu hören, Herr Schwenckendorff«, sagte Katinka. Sie war dankbar für seine teilnahmsvollen Worte, doch sie wunderte sich trotzdem, dass er so viel Zeit in ihrer Lobby verbrachte.

Am nächsten Morgen war er wieder da, lehnte den angebotenen Kaffee freundlich ab und beschäftigte sich mit der Zeitung. Eine Viertelstunde später tauchte Katinkas Mutter auf, eilig, abgehetzt, in schwarzer Trauerkleidung und stark geschminkt. Herr Schwenckendorff erhob sich sofort und führte ihre hingehaltene Hand mit einer Verbeugung an seine Lippen. Einen Handkuss sah man in Berlin nicht mehr oft, Katinka und Zazie standen die Münder offen. Dann verließen die beiden das Hotel.

»Sieh an, sieh an«, flüsterte Zazie. »Da geht was ab. Nachtigall, ick hör dir trapsen.«

Katinka verstand überhaupt nichts. Doch sie hatte auch keine Zeit, länger darüber nachzudenken, denn ein Zimmermädchen brauchte ihre Hilfe.

Dann kam Frau Damaschke vorbei, eine korpulente Nachbarin, die eben die Traueranzeige in der Zeitung gelesen hatte und nun mit schnappendem Atem ihr Beileid aussprach.

»Ich kenne dieses Haus, seit ich lebe!«, sagte Frau Damaschke. »Ich kannte noch Ihren Großvater, und es brach mir fast das Herz, als er starb. Und nun Ihr Vater! Es ist furchtbar. Das hat dieses Haus nicht verdient. Nun werden Sie schließen müssen, und dieses wunderbare Hotel wird in Vergessenheit geraten.«

Frau Damaschke breitete mit dramatischer Geste ihre fülligen Arme aus und genoss sichtlich die Aufmerksamkeit einiger Hotelgäste, die zufällig an der Rezeption standen.

»Was dieses Hotel in seiner langen Geschichte erlebt hat, kann wohl niemand so ermessen wie ich. Ich erinnere mich noch so deutlich an die Nacht, als ein Kronleuchter im Bibliothekszimmer runterstürzte und beinahe ein junges Mädchen erschlug. Noch eine halbe Stunde vorher saß dieses Mädchen unter dem Kronleuchter und las nichts ahnend in seinem Buch. Ich lag schon im Bett, doch die Wucht des Aufpralls riss mich sofort aus dem Schlaf. Ich habe ja die Wohnung im Nebenhaus, gleich daneben. Und ich erinnere mich noch …«

Katinka hatte Mühe, Frau Damaschke von den Hotelgästen wegzulocken. Ihre Rettung war ein freundlicher Herr, der zufällig die Treppen hinunterkam und sich als geduldiger Zuhörer für die aufgeregte Nachbarin erwies. Sie setzten sich auf die rote Couch und sprachen noch lange miteinander.

# *Kapitel 13*

Die Beerdigung war für den Freitagvormittag auf dem Zehlendorfer Waldfriedhof angesetzt. Katinka und ihre Mutter waren eine Stunde vorher da. Ihre Mutter trug ein elegantes Kostüm unter ihrem offenen schwarzen Mantel. Sie hatte schlichten Schmuck angelegt und trotz des trüben Aprilwetters ihre italienische Sonnenbrille aufgesetzt.

»Hoffentlich kommen keine Fotografen«, flüsterte sie.

Katinka hatte eigentlich die schwarzen Klamotten tragen wollen, die Allie ihr geliehen hatte, doch ihre Mutter hatte das strikt abgelehnt.

»Das kommt überhaupt nicht infrage. Du ziehst dich zur Beerdigung deines Vaters anständig an.«

Sie hatte Katinka noch am Vortag zu *Zara* und durch andere Läden geschleift und endlos Sachen anprobieren lassen, bis sie endlich zufrieden war.

Jetzt standen sie auf dem Kiesweg vor der Kapelle, Mutter und Tochter nebeneinander, ein nahezu perfektes Trauerpaar. Die Bestattungsgehilfen wandten sich mit respektvollen Verbeugungen an Katinkas Mutter, um letzte Einzelheiten zu klären. Die ersten Trauergäste kamen gemessenen Schritts durch die lange Allee hinauf.

Ihre Mutter warf die Zigarette fort, griff nach Katinkas Hand, drehte sich um und ging in die Kapelle.

»Ich möchte mich setzen. Wir werden sie am Grab begrüßen.«

Die Kapelle sah traumhaft aus. Ein Meer von Blumen. Der

Sarg war geradezu überhäuft von Blumenbuketts und Trauerkränzen. Halb Berlin schien einen Blumengruß geschickt zu haben. Der Raum mit seinem steinernen Gewölbe atmete eine kühle Feuchtigkeit, die den Geruch der aberhundert Blumen und Blüten etwas dämpfte.

Die beiden saßen schweigend und unansprechbar in der ersten Reihe, Katinkas Mutter aufrecht, nahezu unbeweglich. Nur ihre Hände, die sie im Schoß hielt, kneteten beständig ihre schwarzen Handschuhe. Die lackierten Fingernägel schnippten in unterdrückter Hektik. Doch ihren Kopf trug sie in würdevoller Ruhe, sie wusste, was sich gehörte.

Die Reihen hinter ihnen füllten sich. Man hörte nicht mehr als das Scharren von Schuhen und das Knistern von Kleidern, auch ein leises Seufzen, einen geflüsterten Gruß.

Katinka fragte sich, ob Herr Schwenckendorff gekommen war. Vielleicht saß er auch in der Lobby des Hotels, das er unbedingt kaufen wollte. Die Trauerglocken begannen zu läuten. Sie wagte nicht, sich umzusehen, denn ihr war, als ruhten alle Blicke auf ihrer Mutter und ihr.

Der Sarg war ihr unerträglich. Trotz der Blumen, trotz der Kränze, die ihn teilweise bedeckten. Dieser schwarze Kasten schien zu rufen: *Seht mich an! Hier liegt ein Mensch! So werdet Ihr alle auch einmal liegen!*

Katinka wusste, dass der tote Körper ihres Vaters in diesem Sarg lagen, aber die Vorstellung war ihr ekelhaft. Das Bild drängte sich ihr auf, egal, an was sie sonst zu denken versuchte.

Das Gesicht ihres Vaters, schlafend, doch mit wächsernen, starren Zügen. Das Haar, an den Schläfen grau meliert.

Seine Lippen: blutleer und doch nahezu schwarz.

Die Hände ruhten an seinen ausgestreckten Beinen, starr, reglos.

Die Fingernägel einer Leiche wachsen noch einige Tage lang weiter, hatte ihr früher einmal jemand erzählt, und daran musste sie jetzt dauernd denken: *Die Fingernägel deines toten Vaters wachsen noch weiter. Sie sind noch nicht tot, ihr Geschäft ist noch nicht erledigt, sie wachsen weiter, auch wenn der Sarg längst in der Erde liegt.*

Die Trauerglocken verklangen, und Katinka merkte, dass sie ihre Hände ebenso hektisch knetete wie ihre Mutter ihre Hände. Der Pfarrer begann zu reden, er sprach lang und gefühlvoll über das Leben ihres Vaters und über das Hotel, das ihm so viel bedeutet hatte. Es gab zustimmendes Gemurmel in den hinteren Bänken, auch Tränen und Schluchzer.

Das alles ging an Katinka vorbei. Die Leute sangen noch zwei Lieder zur Orgel, und sie bewegte gehorsam die Lippen, als ob sie mitsänge, und hielt sich ein Taschentuch an die Augen, als ob sie weinte.

Sie folgten dem Sarg über den Friedhof bis an das frisch ausgehobene Grab. Sechs Männer ließen den Sarg hinunter in die Erde. Katinka sah sich die Verrichtungen genau an, um ihren Schmerz zu betäuben. Die Männer schwitzten. Sie nahmen ihre Zylinder ab.

Wieder sprach der Pastor: »Asche zu Asche, Staub zu Staub.«

Dann trat Katinkas Mutter ans Grab. Sie gab ihrer Tochter einen winzigen Blick, sie möge sich neben sie stellen, Mutter und Tochter in gemeinsamer Trauer, das wäre bestimmt ein schönes Bild gewesen. Doch Katinka blieb stehen. Sie wollte sich allein von ihrem Vater verabschieden.

# *Kapitel 14*

Die Trauerfeier fand natürlich im *Marabu* statt. Der Frühstückssaal war feierlich hergerichtet. Alle Angestellten trugen Schwarz. Am Grab war Katinka so benommen gewesen, dass sie die Trauergäste kaum begrüßt hatte. Jetzt sah sie erst, wer alles gekommen war.

Viele der alten Angestellten von früher, die sie noch als Kind gekannt hatte. Herr Sumbeck natürlich. Zazie, die ihr zuzwinkerte. Neben ihr stand Herr Schwenckendorff, pompös und gravitätisch. Schwere Goldknöpfe schimmerten auf seinem Doppelreiher. Die Armbanduhr prunkte fett an seinem Handgelenk, wenn er anderen Gästen die Hand schüttelte. Er ging ganz in seiner Rolle des mitfühlenden Familienfreundes auf.

Katinkas Mutter stand in einem Pulk von Nachbarn und Geschäftsleuten und winkte sie hektisch näher. Als sie zu der Gruppe trat, öffnete sich der Kreis.

In der Mitte saß eine alte Dame. Sie trug ein schwarzes Trauerkleid aus unzähligen Rüschen, dazu mehrere lange Perlenketten, die über ihren schmalen Oberkörper flossen. Katinka kam das Gesicht bekannt vor, sie wusste aber nicht, woher.

»Baronin von Rochlitz, du erinnerst dich an sie«, flüsterte ihre Mutter.

Nein, Katinka erinnerte sich nicht an sie. Den Namen hatte sie zwar immer wieder gehört, er hing manchmal wie ein Damoklesschwert über der Ehe ihrer Eltern und über dem Hotel. Jeden Frühling wurde ihr Kommen erwartet und gefürchtet. Doch Katinka konnte sich nicht daran erinnern, dass die Baronin wirklich einmal gekommen war und die Suite eingenommen hatte, die tagelang für sie reserviert gewesen war. Nach und nach war ihr Name blasser geworden. Man sprach seltener von ihr. Katinka hatte zuletzt ihre Zweifel gehabt, dass es überhaupt eine Baronin von Rochlitz gab.

Doch nun saß sie da. Frau von Rochlitz thronte sehr aufrecht in einem Sessel, die linke Hand gestützt auf einen schlanken Spazierstock mit Elfenbeingriff. Sie musste mittlerweile furchtbar alt sein, über neunzig, doch das Gesicht sah wach aus, und ihre Augen waren klar. Markante Nase. Nur die Hände sahen wirklich alt aus.

»Du musst Katinka sein«, sagte sie mit einer Stimme, die gewohnt war, dass man ihr Folge leistete.

Dabei neigte sie ihren Oberkörper ein wenig nach vorn. Katinka nahm an, dass die Baronin ein Handschütteln erwartete oder einen Knicks oder eine Umarmung, und prompt war sie so verwirrt, dass sie der alten Dame fast in die Arme fiel. Ihre Hand verhedderte sich in einer der langen Perlenketten.

Sie kamen sich nah, viel zu nah. Ein herber Geruch wehte Katinka entgegen, Kastanienblätter in einem Novemberwald, die Kreide in einem Schulzimmer, Venedig.

Sie wurde rot und zog ihre Hand zurück, doch die Perlenkette hatte sich verhakt, und je hektischer Katinka daran zupfte, um frei zu kommen, desto schlimmer wurde es.

»Trampel«, sagt die Baronin leise.

Die Schnur gab nach, und die Perlen sprangen heraus.

Im gleichen Moment war Katinka auf den Knien, rutschte über den Fußboden und suchte nach den Perlen, die zwischen die Schuhe der Trauergäste und unter die Stühle und Tische rollten. Die Leute wichen murmelnd zur Seite, ein schadenfrohes Lachen war zu hören. Katinkas Gesicht brannte vor Scham.

Da rührte die Baronin leicht an ihrer Schulter. Sie musste sich dafür nicht vorbeugen oder gar erheben, sie hatte ihren Spazierstock.

»Steh auf, Kind«, sagte sie. »So etwas haben wir nicht nötig. Das ist Sache des Personals.«

Ein Widerspruch war ganz unmöglich, auch wenn es Katinka peinlich war, der Küchenfrau zuzuschauen, die jetzt auf dem Teppich kniete, um die Perlen einzusammeln. Die Baronin sah gar nicht mehr hin.

Nein, sie musterte Katinka. Nachdenklich. Bei alten Damen weiß man nie, ob sie einen abfällig ansehen oder sehnsüchtig. Vielleicht erinnern sie sich daran, dass sie auch einmal jung waren.

»Sie haben meinen Vater gekannt?«, fragte Katinka, um die eigenartige Stille zu durchbrechen. Die Frage war denkbar unpassend, die Baronin verzog kaum merklich ihre Mundwinkel.

Dann erhob sie sich von ihrem Sessel und ging mit langsamen Schritten in einen Winkel der Lobby. Dort gab es eine kleine getäfelte Nische mit grün bespannten Sesseln. Sie wies auf den Sessel neben sich, Katinka setzte sich. Die Baronin ließ sich Zeit mit ihrer Antwort, obgleich ihre Kiefer arbeiteten. »Ob ich deinen Vater gekannt habe? Ich will dir gern davon erzählen, wenn es an der Zeit ist. Ich bin heute Morgen erst eingetroffen, aber ich werde einige Tage lang bleiben.«

»Sie bleiben bei uns?«, fragte Katinka. Sosehr sie das *Marabu* mochte, das konnte sie sich nicht vorstellen. Diese Dame gehörte eher ins *Waldorf Astoria* am Potsdamer Platz, zumindest aber ins *Kempinski*, unten am Kurfürstendamm.

Doch die Baronin nickte. »Ich habe dieses Haus einmal sehr geschätzt. Mal sehen, was davon übrig ist.«

Drüben im Frühstückssaal klatschte Katinkas Mutter in die Hände: »Wir bitten dann zu Tisch!«

Die Trauergäste gehorchten ihr willig. Stühle wurden gerückt. Die Gespräche verstummten. Alle setzten sich. Die Küchenfrauen trugen eine Suppe auf.

Baronin von Rochlitz stieß den Spazierstock aufs Parkett. Der Griff, das sah Katinka jetzt, war ein aus gelbem Elfenbein geschnitzter Pantherkopf.

Die Baronin sagte: »Ich denke, ich werde auf die Suppe verzichten. Wenn meine Suite jetzt fertig ist, würde ich mich gern zurückziehen.«

Zazie an der Rezeption nickte eilfertig. »Die Zimmer sind fertig. Wir haben uns alle Mühe gegeben.«

»Davon gehe ich aus«, sagte die Baronin.

# *Kapitel 15*

Nach der Trauerfeier ging man zu Fuß hinüber zur Kanzlei des Notars. Es waren nur vier Straßen, und Katinka atmete in der kühlen Luft des Frühlingsabends auf. Der Notar Dr. Dörner begleitete sie, hinter ihnen gingen ihre Mutter und Herr Schwenckendorff. Weshalb der Investor bei der Testamentseröffnung dabei sein musste, war Katinka nicht klar geworden. Ihre Mutter hatte auf ihre Frage etwas barsch reagiert. »Als alleinstehende Frau wünscht man sich einen Schutz; das wirst du früh genug herausfinden.«

Katinka hatte nichts darauf sagen können. Jetzt war sie froh, durch die hübschen Straßen zwischen Kurfürstendamm und Kantstraße zu gehen. Es wäre nett, dachte sie, wenn sie einmal die Zeit fände, mit Finley hier spazieren zu gehen. Dr. Dörner blieb an ihrer Seite, schwieg aber höflich.

Als er in seinem Büro das handschriftliche Testament hervorholte und verlas, war es Katinka, als spräche ihr Vater ein letztes Mal zu ihr:

*»Hiermit setze ich meine Tochter Katinka Schwartz als befreite Alleinerbin ein. Es ist mein letzter und inniger Wunsch, dass Du, liebe Katinka, unser Hotel als Erbe annimmst und weiterführst. Mir ist bewusst, dass dies ein schweres Erbe ist. Meiner Frau und mir ist es leider nicht gelungen, das Hotel so durch die schwierigen Jahre zu führen, dass Du sorglos wirtschaften kannst. Möge Dir für die Zukunft eine glückliche Hand beschieden sein. Mein Vater, Dein Großvater, hat dieses Haus sehr ge-*

*liebt. Möge diese Liebe an Dich übergehen. Meiner Frau vermache ich die Wohnung in der Xantener Straße. Ich danke für den langen Weg, den wir miteinander gegangen sind, auch wenn es für uns beide nicht leicht war. Das Bild des Panthers, das im Bibliothekszimmer hängt, vermache ich Baronin von Rochlitz. Frau Damaschke soll das Teeservice erhalten, an dem ihr so viel liegt. Herr Sumbeck möge, wenn er einmal den verdienten Ruhestand antritt, die Zille-Radierung bekommen.«*

Dr. Dörner schaute über seinen Brillenrand hinweg auf seine Zuhörer. Katinka saß ganz versunken da, als lauschte sie einer fernen Stimme. Es war zweifelhaft, ob sie die Tragweite des verlesenen Testaments bereits ermessen konnte. Ihre Mutter hatte eine Hand auf ihre Stirn gelegt, als litte sie unter einem plötzlichen Migräneanfall.

Der Notar legte die handschriftlichen Seiten auf den Schreibtisch. Er räusperte sich. »Es sind noch einige weitere Regelungen und Kleinigkeiten vermerkt, die nichts zur Sache tun und die ich Ihnen jetzt ersparen möchte. Selbstverständlich erhalten Sie jeweils eine Abschrift.«

Katinkas Mutter flüsterte: »Das ist eine unglaubliche Zumutung. Das muss ich mir nicht antun. Nicht nach all diesen Jahren. Bitte, lass uns gehen.«

Katinka hob den Kopf, doch ihre Mutter hatte Herrn Schwenckendorff gemeint, der auch schon eilfertig aufsprang und sie hinausführte. Den Notar und ihre Tochter ignorierte sie.

Dr. Dörner war offensichtlich vertraut mit heftigen Reaktionen nach einer Testamentseröffnung. Er wartete geduldig, bis Katinka tief Luft holte.

»Was soll ich jetzt tun?«, fragte sie.

»Du hast genau zwei Möglichkeiten: Du kannst das Erbe annehmen oder ausschlagen«, sagte der Notar. »Lass dir mit deiner Entscheidung Zeit. Doch innerhalb von sechs Wochen musst du dich entscheiden. Schau dir das Hotel an – willst du es übernehmen? Wie sind die Verhältnisse? Wenn es verschuldet ist, dann erbst du die Schulden.«

»Ich mag das Haus«, sagte Katinka verträumt. »Ich mag es wirklich. Ich bin darin aufgewachsen.«

»Ich mag es auch«, sagte Dr. Dörner. »Aber Schulden mag ich nicht. Und wenn dort Reichtümer zu holen sind, dann wirst du die Berliner Geschäftswelt kennenlernen. Die können wie eine Meute Jagdhunde sein, die eine Fährte aufgenommen haben. Wenn du die Beute bist, dann gnade dir Gott. Sechs Wochen bleiben dir, um dich zu entscheiden.«

# *Kapitel 16*

In dieser Nacht kam Katinka nicht zur Ruhe. Sie ging im Hotel auf und ab und vermisste Finley. Sie dachte an Allie und Kimberley, an alle Mädchen im Internat, es schien Jahre her zu sein, dass sie einmal dazugehört hatte. Jetzt saß sie in einem alten Hotel, das ihr gehören würde, wenn sie einwilligte. Herr Sumbeck nickte ihr zu, als wollte er sie ermutigen, das Erbe anzunehmen. Doch er konnte davon nichts wissen, wahrscheinlich wollte er einfach nur freundlich sein.

Sie saß lange auf der Couch in der Lobby und sah den langsamen, sorgfältigen Handgriffen des Nachtportiers zu. Er führte die Belegungsliste, sortierte alte Schlüssel und nahm späte Anrufe entgegen. Wenn ein Gast kam, reichte er ihm den Zimmerschlüssel mit dem schweren Anhänger und wünschte ihm eine gute Nacht. Die modernen Hotels hatten längst Karten, die durch einen Schlitz am Türschloss gezogen werden mussten und die der Kunde mitnehmen konnte. In der *Hilton*-Kette hatte man den Zimmercode auf dem Smartphone, da konnte man auf den Nachtportier ganz verzichten. Doch hier gab es weiterhin die steinschweren Schlüssel mit Anhänger, in die der Schriftzug *Marabu* eingraviert war. Sie hatten auch keine Kunden, sondern Gäste.

Katinka schüttelte den Kopf. Nein, sie wollte sich nichts vormachen. Das Haus war hoffnungslos überaltert. Es war so altmodisch, dass es ihr selbst manchmal peinlich war. Der Aufzug hatte eine Ziehharmonikatür und keuchte wie ein alter Mann, wenn er in Gang gesetzt wurde. Viele der Hotelgäste trauten ihm nicht, sondern nahmen lieber die Treppe. In einem Winkel der Lobby gab es eine Telefonnische mit einem Apparat aus den Fünfzigerjahren. Er hatte einen schweren Hörer und eine Wählscheibe. Die Kinder der Hotelgäste liebten dieses Telefon, es war ein Museumsstück aus längst vergangenen Zeiten. Die Couch, auf der sie saß, war ebenfalls uralt. Sie war gemütlicher als jede andere Couch. Doch sie war hinüber, das Leder rissig, das Rückenpolster verzogen, und es gab Gäste, die sich weigerten, darauf Platz zu nehmen.

Katinka ging durch den leeren Frühstückssaal. Früher hatte es hier auch Tanzabende gegeben, daran konnte sie sich schemenhaft erinnern. Jetzt warteten die Tellerstapel auf dem Büfett, die Tassen lagen kopfüber auf den Untertassen. Sie kam sich vor, als hätte sie einen Traum betreten, in dem die Zeit stillstand. Den Traum einer Vergangenheit, die ihre Zukunft werden könnte.

Sie ging hinauf in die erste Etage, ihre Hand glitt über das Holzgeländer. Das Bibliothekszimmer war leer. Sie schlenderte die langen, verwinkelten Flure entlang. Dies alles sollte ihr gehören? Dies sollte ihr künftiges Leben werden?

Aus manchen Zimmern drangen Fernsehgeräusche, Gesprächsfetzen, Talkshowstimmen, Nachrichtensprecher, auch Schusswechsel aus einem amerikanischen oder koreanischen Film. Nicht alle Zimmer hatten einen Fernseher. Und wenn, dann war es kein Flachbildfernseher, sondern ein Monstrum aus den Achtzigerjahren, der den halben Schreibtisch einnahm und vier Programme bot.

Hinter der Tür zur Suite der Baronin war es still. Katinka hatte eigentlich damit gerechnet, dass Frau von Rochlitz noch am selben Abend empört abreisen würde, weil auch die Suite nicht den Komfort bot, der anderswo selbstverständlich war. Dabei hatte die Suite ein eigenes Bad, und das war wirklich die Ausnahme. Aber die Baronin war geblieben, Herr Sumbeck hatte sogar angedeutet, dass ihr die Räume gefielen. Sie hatte sich nur sehr zeitig zur Ruhe begeben.

Katinka ging in ihr Zimmer. Es war drei Uhr nachts, sie musste dringend schlafen. Sechs Wochen hatte sie, um sich zu entscheiden.

# *Kapitel 17*

Am nächsten Morgen stand Herr Schwenckendorff in der Lobby. Er wippte auf den Fußballen, die Hände hinter dem Rücken verschränkt. Er schaute sich interessiert den Stuck der Decke an, als besichtigte er ein altehrwürdiges Gebäude. Zazie war mit einem Gast beschäftigt und warf Katinka nur ein aufmunterndes Lächeln zu: *Du schaffst das schon.* So wie man jemandem zunickt, bevor er zur Wurzelbehandlung beim Zahnarzt geht.

Herr Schwenckendorff breitete lächelnd die Arme aus, als sie auf ihn zuging. »Frau Schwartz, ich bin entzückt«, sagte er.

In ihrem schlaftrunkenen Kopf schrillten Alarmsirenen. Der Investor wirkte deutlich verändert seit dem gestrigen Abend, als er ihre Mutter aus der Kanzlei gebracht hatte. Katinka sah noch ihren Vater vor sich, der im Krankenbett lag und ihr etwas sagen wollte. Sie hörte noch einmal seine Stimme, als der Notar gestern das Testament verlas. Und sie sah die Rechnungen, die sich auf dem Schreibtisch im Büro stapelten. Herr Schwenckendorff machte nicht den Eindruck, als würden sich bei ihm die Rechnungen stapeln. Er sah eher danach aus, als würde er Rechnungen schreiben. Schreiben lassen. Er trug ein taubeneiweißes Jackett, darunter ein hellgelbes Seidenhemd, das sich über seinem Bauch spannte. Wieder ein Halstuch mit kreativem Knoten. Offensichtlich glaubte er, eine künstlerische Ader zu haben. An seinen fleischigen Fingern prangten zwei Siegelringe.

»Was kann ich für Sie tun, Herr Schwenckendorff?« Sie bemühte sich um einen freundlichen, geschäftsmäßigen Ton.

»Was ist denn los, was habe ich getan?« Er spielte die beleidigte Leberwurst, doch auf eine souveräne Art, als wollte er sich selbst auf die Schippe nehmen. »Immer diese kühle, arrogante Art, wenn Sie mit mir sprechen. Das finde ich unfair, nach allem, was ich für Ihre Familie getan habe. Ihr Vater und ich, wir hatten über Jahrzehnte eine außerordentlich intensive Geschäftsbeziehung.«

Katinka bemühte sich um ein herzliches Lächeln, und auch Zazie schenkte dem Investor ein strahlendes Zahnpastawerbelächeln.

»Was also verschafft mir die Ehre?«, fragte sie.

Diese gestelzte Sprache gefiel Schwenckendorff. »Sie werden es nicht für möglich halten, Frau Schwartz, aber ich habe heute Nacht von Ihnen geträumt. Kein Scherz! Ich hatte eine Idee heute Nacht, einen wundervollen Einfall. Und als ich morgens aufwachte und mich an den Traum erinnerte, da habe ich beschlossen, Ihnen heute einen Besuch abzustatten und Sie einzuladen. Und hier bin ich!«

Er breitete die Arme aus wie ein Schauspieler, der sich in aller Bescheidenheit, aber im Wissen um seine unwiderstehliche Wirkung präsentiert.

»Sie möchten mich einladen?«, fragte Katinka verblüfft.

»Es ist ein wunderschöner Tag, und draußen steht mein Cabrio«, sagte er. Tatsächlich stand dort ein Jaguar-Cabrio in der zweiten Reihe, das Verdeck war zurückgeschlagen, und das Armaturenbrett glänzte in der Morgensonne.

»Ausgeschlossen«, sagte sie. »Ich habe alle Hände voll zu tun, es tut mir wirklich leid.«

Schwenckendorff nickte verständnisvoll. »Kein Problem. Ich habe mir vorschnelle Hoffnungen gemacht. Meine spontane Art kommt in dieser Stadt nicht an. Ich möchte Sie zu nichts drängen, was Sie nicht auch von sich aus wollen, wirklich nicht!«

»Ich danke Ihnen für Ihr Angebot, das ich sehr schmeichelhaft finde, doch ich habe an diesem Vormittag noch unendlich viel zu tun.«

Tatsächlich tat es Katinka leid, sie fuhr für ihr Leben gern in schicken Autos. Außerdem war sie längst neugierig, weshalb ausgerechnet Schwenckendorff von ihr träumen sollte.

Der Investor öffnete bedauernd die Hände und wandte sich zum Gehen.

Zazie sagte: »Kein Ding, Katinka, geh ruhig, ich mach das hier für dich. Ich bin doch da.«

Schwenckendorff zückte ein Bündel Geldscheine, das von einer Goldklemme gehalten wurde, und pellte einen Zwanziger ab. Er reichte ihn Zazie: »Kleines Trinkgeld. Ich bin Ihnen sehr verbunden!«

Zazie schenkte ihm ein leicht abschätziges Lächeln. »Nicht Ihretwegen, sondern für Katinka.«

Zehn Minuten später fuhren Schwenckendorff und Katinka über den Kurfürstendamm. Der Prunk des alten Berliner Westens entfaltete sich vor ihnen. Großbürgerliche Wohn- und Geschäftshäuser, die frisch renoviert waren. Schwenckendorff wies auf ein Eckhaus am Adenauerplatz: »Das habe ich im letzten Jahr machen lassen, sieht wieder tadellos aus.« Katinka nickte.

Hinter der Schaubühne deutete er mit seinem Siegelringfinger auf zwei weitere Häuser: »Da hatte ich auch meine Hände drin. War nicht ganz einfach. Die waren so runtergewohnt. Und jetzt sehen sie wieder ganz manierlich aus. Da kann man nicht meckern, oder?«

Katinka musste ihm recht geben, die Häuser sahen wirklich großartig aus. Gediegen renoviert. Frisch gestrichen. Sie dachte mit heimlicher Scham an die traurige Fassade des *Marabu*, von der schon seit Jahren der Putz abbröckelte. Im Grunde sah es aus wie ein verwahrlostes Haus, da konnte auch der fröhliche Baldachin vor dem Eingang nicht viel retten.

Schwenckendorff beschleunigte auf eine unmerkliche und angenehme Weise, sie glitten auf die Stadtautobahn, und der Jaguar entfaltete schnurrend seine Kraft. Die Stadt zog an ihnen vorbei. Katinka wollte am liebsten stundenlang so fahren und alles andere vergessen. Schwenckendorff hatte nur zwei Finger am Lenkrad, sein linker Arm lag auf der Tür. Der Fahrtwind sträubte Katinka die Haare und wehte ihr die Sorgen aus dem Kopf.

Der Grunewald stand noch kahl und öde, der Frühling ließ sich in diesem Jahr Zeit. Im Hintergrund tauchten die weißen Fassaden der Stadtvillen auf. Schwenckendorff schien hier jede Straße zu kennen, und man kannte ihn auch, denn er wurde oft gegrüßt, und dann hob er lässig die linke Hand, um den Gruß zu erwidern.

Sie bogen auf einen Parkplatz ein, Schwenckendorff stieg aus, lief ums Auto herum und öffnete Katinka wie ein Kavalier alter Schule die Wagentür. Sie ließ es sich gern gefallen.

Es war ein ruhiger, entspannter Vormittag, die Hetze des Hotelalltags war ganz von ihr abgefallen, sie hörte das Zwitschern der Vögel und das Ploppen der Tennisbälle.

»Rot-Weiß«, sagte sie. »Hier war ich seit Jahren nicht mehr.«

»Sie sollten öfter hierherkommen«, sagte Schwenckendorff. »Wer in Berlin etwas zu sagen hat, der trifft sich hier. Alles sehr nette Leute. Wir beißen nicht.«

Er lachte über seinen eigenen Scherz und ging voraus ins Clubhaus. Hier hatte man eine wunderschöne Sicht auf die Plätze, auf denen jetzt die Zehlendorfer Hausfrauen spielten. Ihre Freundinnen nahmen derweil einen kleinen Prosecco an der Bar oder einen kühlen Weißwein zum Muschelsalat. Leise Gespräche. Ein Klavierspieler klimperte im Hintergrund.

Schwenckendorff grüßte ganz unauffällig, als er mit Katinka zum Hinterzimmer ging. Hier war das Licht gedämpft. Einige Geschäftsleute saßen leger zusammen, man scherzte miteinander und gönnte sich einen ersten Drink des Tages.

»Ich wollte es Ihnen schon lange sagen«, begann Schwenckendorff mit sonorer Stimme. Er hatte sich ihr gegenüber in einen weichen Sessel gleiten lassen. Seine Hand spielte mit dem Autoschlüssel. »Sie leisten im Hotel eine Arbeit, der ich meinen Respekt zolle. Wirklich.«

Das hatte Katinka nicht erwartet. Sie hatte sich eher gewappnet, dass er sie auf eine hinterhältige Weise demütigen wollte.

»Danke«, sagte sie.

»Sensationell«, sagte er mit Nachdruck. »Ich möchte Ihnen dafür danken. Denn das wissen Sie vielleicht nicht, aber mir liegt dieses Haus wirklich am Herzen. Es ist ein Schmuckstück. Ein Kleinod. Etwas ganz Besonderes.«

Aha, dachte Katinka, die Show beginnt.

Schwenckendorff bemerkte ihre nüchterne Miene, beugte sich lächelnd vor und klopfte ihr leicht auf den Unterarm. Seine Berührung war ihr nicht unangenehm, sie schaffte Vertrauen auf eine unmerkliche, aber prompte Weise. Er wurde ihr fast ein wenig sympathisch. Dennoch saß sie weiterhin mit verschränkten Armen da.

Der Investor räusperte sich. Er strich sich eine Weile nachdenklich über das Kinn, als wäre das, was er nun sagen musste, nicht einfach für ihn. »Ich will Ihnen nichts vormachen, Frau Schwartz. Ich weiß, dass Sie intelligent sind. Sich nicht einwickeln lassen. Deshalb möchte ich Klartext reden.«

Er saß weiterhin vorgebeugt. Die Kellnerin brachte einen Aperol Spritz für ihn und ein Mineralwasser für Katinka. Schwenckendorff nahm einen Schluck, seine Miene wurde nachdenklich, fast bekümmert.

»Es sieht im Moment ja nicht gut aus«, sagte er. »Das wissen Sie sicherlich. Ihr seid am Ende. Das Haus ist tot.«

Er ließ die Sätze in der Luft hängen, damit sie gründlich nachwirken konnten.

Die anderen Geschäftsleute schauten kurz herüber zu den beiden, dann wendeten sie sich wieder ihren Gesprächen zu. Die Gattinnen nahmen winzige Bissen von ihrem Muschelsalat, und wenn sie lachten, dann zeigten sie möglichst viele weiße Zähne. Weiterhin das Ploppen der Tennisbälle und das Zwitschern der Vögel.

»Ich kenne die Bücher nicht«, sagte Katinka. »Aber ich bin mir sicher, dass wir es schaffen können. Ich werde mit den Banken reden.«

Schwenckendorff lachte kurz auf. Ein amüsiertes Lächeln ließ ihn plötzlich auf eine fiese Weise jung aussehen.

»Das ist eine großartige Idee. Reden Sie mit den Banken. Die freuen sich gewiss schon darauf. Auf die Idee hätte Ihr Vater vielleicht auch mal kommen können. Oder auf die Idee, seine Rechnungen aufzumachen.«

Katinka ermahnte sich, ruhig und nüchtern zu bleiben. Sie

wollte sich nicht erschrecken lassen. Aber sie wollte unangenehmen Tatsachen auch nicht aus dem Weg gehen.

»Was denken Sie denn, wie schlimm es aussieht?«, fragte sie.

Der Investor hatte wieder eine sehr bekümmerte Miene aufgesetzt. Er fingerte an seiner Armbanduhr, die prominent glitzernd an seinem Handgelenk hing.

»Ich wusste, dass man sich mit Ihnen verständigen kann. Sie weichen nicht aus. Sie stellen die richtigen Fragen.«

»Wie steht es?«

»Nicht gut. Gar nicht gut.« Er saß weit zurückgelehnt in seinem Sessel und schüttelte den Kopf. Hob die Hände und ließ sie wieder fallen. Schüttelte noch mal den Kopf. »Es steht nicht gut.«

Katinka fiel nichts mehr ein. Eigentlich wollte sie jetzt nur zurück nach Schottland, in die Schule. Oder aufs Rugbyfeld. Da hatte sie klare Aufgaben.

Schwenckendorff beugte sich nah zu ihr. Sie roch sein Aftershave und wich unmerklich zurück. Zugleich spitzte sie die Ohren, denn er flüsterte fast.

»Wissen Sie, ich möchte Ihnen helfen. Ihnen und Ihrer Frau Mutter. Wir können das gemeinsam hinkriegen. Wir bilden ein Team. Mit Ihrer Mutter habe ich bereits eine Übereinkunft erzielt. Ich biete Ihnen an, die erheblichen Schulden zu übernehmen und Sie auszukaufen. Ich werde das Haus umwandeln in eine richtig gute Kanzlei-Adresse. Schicke moderne Büros.«

»Mein Vater wäre nicht damit einverstanden«, sagte Katinka. »Niemals. Wir müssen eine andere Lösung finden.«

»Ihr Vater ist tot«, sagte der Investor.

»Ich werde dieses Hotel niemals aufgeben«, sagte sie.

Seine Laune wechselte, er wirkte jetzt ungeduldig.

»Niemals«, sagte Katinka, und in diesem Augenblick war sie felsenfest davon überzeugt. Sie würde nicht weichen.

Die Kellnerin brachte ein halbes Baguette mit einem Schälchen Kaviar. Der Investor schmierte sich einen Löffel davon auf das Baguette und biss herzhaft ab. Er kaute mit offenem Mund. Dann griff er nach der Serviette und wischte sich den Mund ab.

»Okay«, sagte er und ließ die Serviette auf den Tisch fallen. »Dann mal Klartext. In zwei Monaten gehört das Hotel mir. Darüber müssen wir nicht diskutieren. Ich habe mir Mühe gegeben, freundlich zu sein, obwohl das nicht meine Art ist. Ich fahre extra hier mit Ihnen raus, um das in Ruhe zu besprechen. Ich biete die leichte Tour an, aber es geht natürlich auch auf die harte. Das Hotel kriege ich so oder so.« Er zeigte seine makellosen Vorderzähne.

»Sie werden das Hotel nicht bekommen«, sagte Katinka.

Schwenckendorff schüttelte den Kopf. »Du verstehst nicht. Ich werde dich fertigmachen. Richtig schlimm fertigmachen. Die gute alte Schule. Darauf kannst du einen lassen.« Er hob seine rechte Hand mit der schweren Armbanduhr und zeigte ihr den hochgereckten Mittelfinger. Nahm ihn in den Mund und streckte ihn noch mal vor ihr Gesicht.

Katinka stand ohne ein weiteres Wort auf und ging durch das Vereinsheim auf den Parkplatz. Immer noch flogen die Tennisbälle auf den rötlichen Feldern hin und her. Immer noch zwitscherten die Vögel. Immer noch glänzte die Sonne über den Baumkronen des Grunewalds. Doch jetzt war ihr wirklich kalt.

# *Kapitel 18*

Noch am selben Abend öffnete Katinka die Rechnungen, die ihr Vater hinterlassen hatte. Der Schreibtisch im kleinen Büro neben der Rezeption quoll geradezu über vor Geschäftsbriefen. Die meisten waren ungeöffnet. Viele Umschläge kündigten schon durch eine bedrohliche gelbe oder rote Farbe eine unangenehme Mitteilung an. Katinkas Finger zitterten, als sie den ersten Umschlag aufschlitzte.

**Sehr geehrter Herr Schwartz,**
**bis heute ist die Forderung noch nicht ausgeglichen. Wir fordern Sie hiermit letztmalig auf, den offenen Betrag in Höhe von 21 534,07 Euro unter Angabe des Aktenzeichens an uns zu überweisen. Sollten Sie die Frist nicht einhalten, wird die Angelegenheit zur gerichtlichen Durchsetzung der Forderung an unsere Anwälte abgegeben.**

Katinka wurde rot, obgleich die Briefe nicht an sie gerichtet waren. Der jeweilige Wortlaut wechselte geringfügig, doch der Inhalt war stets derselbe: Zahlen Sie jetzt, um weitere schlimme Folgen zu vermeiden! Das nächste Schreiben:

**Sehr geehrter Herr Schwartz, wir zeigen an, die Firma Wäscheexpress zu vertreten. Unsere Beauftragung erfolgte, nachdem Sie trotz der in dieser Sache erfolgten Mahnungen die Forderung unserer Mandantin nicht ausgeglichen haben.**

Katinka legte den Brief zur Seite. Sie nahm den nächsten Umschlag und schlitzte ihn auf.

**Da alle bisherigen Beitreibungsmaßnahmen erfolglos blieben, ist nunmehr die MPH Inkasso mit dem Inkasso betraut, um alle notwendigen Maßnahmen gegen Sie durchzuführen.**

Ihr Blick blieb an der fett gedruckten Summe von mehreren Tausend Euro hängen. Das Schreiben endete mit dem Appell:

**Zahlen Sie jetzt, um diese Folgen zu vermeiden. Bitte beachten Sie, dass aus einem rechtskräftigen Titel 30 Jahre vollstreckt werden kann!**

Sie überschlug kurz ihr Alter: Dann stünde sie kurz vor ihrem 48. Geburtstag.

Ein höfliches Hüsteln unterbrach ihre Arbeit. Sie schreckte auf und sah Herrn Sumbeck am Türrahmen lehnen.

»Verzeihen Sie die Störung«, sagte er. »Ich habe soeben meinen Dienst angetreten und war erstaunt, dass sich jemand im Büro befindet.«

»Ich bin dabei, mir einen Überblick zu verschaffen«, sagte Katinka. Sie wies hilflos auf den Stapel der noch ungeöffneten und auf das Meer der mittlerweile geöffneten Briefe.

»Es ist höchste Zeit, dass sich jemand dieser Sachen annimmt«, sagte Herr Sumbeck.

»Mein Vater hat den Kopf in den Sand gesteckt.«

»Wir alle haben den Kopf in den Sand gesteckt.«

Katinka saß im Schneidersitz im Ledersessel vor dem Schreibtisch. Sie wippte unbewusst hin und her und fragte sich, ob Herr Sumbeck um seinen bequemen Platz für das Nickerchen in der Nacht fürchtete.

»Alles bringen sie einem in der Schule bei«, sagte sie. »Aber wie man die Rechnungen der Eltern zahlt, das sagt einem keiner.«

»Sie müssen das Erbe nicht annehmen, niemand kann Sie dazu zwingen«, sagte Herr Sumbeck. In diesem Moment sah er grau und verzweifelt aus. »Wenn das Erbe nur aus Schulden besteht, dann schlagen Sie es einfach aus.« Er schob seine rutschende Brille zurück zur Nasenwurzel und verbesserte sich: »Nein, Sie müssen dieses Erbe sogar ausschlagen. Sonst haben Sie die Schulden Ihr ganzes Leben lang am Hals. Damit ist niemandem geholfen. Das hätte Ihr Vater nicht gewollt.«

»Herr Sumbeck, wie lange arbeiten Sie schon in unserem Haus?«, fragte Katinka

»Fast dreißig Jahre«, sagte er. Dabei straffte er sich ein wenig, als ob die Erinnerung an die früheren Jahre ihn verjüngte. »Ich trat in die Dienste des Hauses, als der alte Herr Schwartz die Geschäfte hier führte. Das war eine andere Zeit. Ich war jung, wir alle waren jung, auch Ihr Vater. Doch er war mehr an Kunst interessiert als an geschäftlichen Fragen. Schon damals. Der alte Herr hat stets pünktlich gezahlt. Ehrensache«, sagte er.

Ein später Gast kam an die Rezeption, und Herr Sumbeck suchte seinen Zimmerschlüssel heraus. Katinka hörte ihn mit dem Gast reden und spürte, dass er ein guter Nachtportier war, ruhig und zuverlässig. Er wünschte dem Gast eine gute Nacht. Sie hörte das Geräusch des Fahrstuhls, der sich in Bewegung setzte. In der Lobby war es wieder still.

Sie ordnete die Rechnungen auf einen Stapel, öffnete die restlichen Briefe, trennte Werbung und wichtige Schreiben. Die Kontoauszüge der Banken legte sie auf einen gesonderten Stapel. Sie wurde aus den Zahlenkolonnen nicht schlau, sie ergaben keinen Sinn. Manchmal waren unglaublich hohe Beiträge auf der Habenseite, doch meistens war das Konto schwer im Minus. Es waren verschiedene Konten, verschiedene Banken. Auch von den Geldinstituten gab es dringende Schreiben, dass der Kreditrahmen überzogen wäre und baldmöglichst ausgeglichen werden müsste.

Zusätzlich zu den Briefen, die das Hotel betrafen, fand Katinka auch private Post an Herrn und Frau Schwartz. Es gab Zahnarztrechnungen, ebenfalls Mahnungen. Ein Stapel Briefe von der privaten Krankenversicherung. Der Juwelier schickte eine Liquidation. Ein amerikanisches Auktionshaus mahnte ebenfalls. Fristsetzungen. Nochmalige Erinnerungen. Gelbe Umschläge vom Hauptzollamt, die sie anfangs nicht zu öffnen wagte.

Doch dann entschied Katinka sich dafür, den Schreibtisch nicht zu verlassen, bis sie nicht alle Briefe zumindest aufgemacht und angeschaut hatte. Die leeren Umschläge ließ sie zu Boden segeln. Die Rechnungen legte sie auf den wachsenden Stapel. Morgen würde sie die Schreiben nach Datum sortieren und die Summen addieren. Nicht heute Nacht.

»Wie sieht es aus?«, fragte Herr Sumbeck etwa anderthalb Stunden später.

»Vielleicht haben Sie recht«, sagte Katinka. »Vielleicht sollte ich die Finger davonlassen.« Sie wies auf den Schreibtisch und breitete dann die Hand aus, als meinte sie das ganze Haus.

»Aber wenn ich das Erbe ausschlage, wird das Hotel geschlossen. Dann gibt es das *Marabu* nicht mehr.«

Herr Sumbeck rückte seine Brille zurecht. »Furchtbare Vorstellung.«

Plötzlich fühlte Katinka sich unendlich müde. Sie wusste, dass es keine Rettung gab. Nicht, wenn die Zahlen, die sie jetzt nur überschlagen hatte, auch nur annähernd stimmten. Das Hotel war verloren, wahrscheinlich auch die Wohnung ihrer Mutter. Und ihr Internat natürlich auch. Doch das war ihre kleinste Sorge. Sie war jung und würde schon zurechtkommen.

Herr Sumbeck hatte noch an der Rezeption zu tun. Katinka stand auf und streckte sich. Sie ließ den Brieföffner mit der langen Klinge auf den Schreibtisch fallen.

»Verdammter Idiot«, flüsterte sie.

»Wie meinen?«, fragte Herr Sumbeck vom Schlüsselbord her. Er klang ernsthaft verstört.

»Sorry, ich meinte nicht Sie!« Katinka kicherte nervös. »Ich habe an meinen Vater gedacht.«

Der Nachtportier ruckelte halb erleichtert, halb entsetzt an seinem Brillengestell. Offenbar hielt er einen weisen Ratschlag für angebracht. »Sie sollten nicht so über Ihren Vater denken. Sehen Sie ihm diese Schwäche nach; er hat gewiss alles für dieses Hotel getan, was in seiner Macht stand.«

Katinka ließ sich nicht beirren, sie war einfach nur wütend: »Mensch, Herr Sumbeck! Er hat das Haus vor die Wand gefahren. Weil er die Rechnungen nicht gezahlt hat! Wie kann man nur so blöd sein?«

»Vielleicht hat er auf ein Wunder gehofft«, sagte Sumbeck beschwichtigend.

»Wunder gibt's hier nicht«, sagte Katinka.

Der Nachtportier half ihr, die leeren Umschläge aufzusammeln und ins Altpapier zu stopfen. Jetzt sah der Schreibtisch sogar ganz gut aus. Aufgeräumt. Der Stapel mit den Rechnungen war akkurat aufgeschichtet. Man musste nur vergessen können, dass all diese Rechnungen nicht bezahlt waren und dass es kein Geld gab, um sie irgendwann einmal zahlen zu können. Wenn sie es richtig berechnet hatte, würde auch der Wäschedienst bald seine Lieferungen einstellen, weil die Rechnungen zu lange nicht bezahlt worden waren. Das hieß: keine Handtücher mehr, keine Bettwäsche, keine Tischdecken für den Frühstückssaal.

»Wie konnte er nur so lange durchhalten?«, fragte sie.

Herr Sumbeck zuckte hilflos mit den Achseln. »Fragen Sie mich das bitte nicht. Ich habe die Sache ja selbst viel zu lange stillschweigend mit angesehen. Natürlich kommt auch Geld herein. Die Gäste zahlen ja. Was immer an Geld hereinkam, hat Ihr Vater genutzt, um die Löcher zu stopfen. Und seine Angestellten, die hat er stets bezahlt. Da gab es kaum einmal Ausfälle, und wenn, dann war es ihm richtig peinlich. Dann lief er den ganzen Tag mit gesenktem Kopf herum. Er wusste, wie nötig die Zimmermädchen ihren Lohn hatten.«

Katinka dachte an ihr Internat. Es war teuer, richtig teuer sogar, doch ihr Vater hatte darüber nie ein Wort verloren. Und sie erinnerte sich, dass Miss Cunningham zweimal recht spitze Bemerkungen zu ihr gemacht hatte, die sich etwas abstrakt auf die Zahlungsmoral der Deutschen bezogen. Damals hatte sie nicht verstanden, was die Internatsleiterin ihr sagen wollte.

Herr Sumbeck seufzte tief auf. Es klang, als blickte er selbst auf ein verfehltes Leben zurück. »Er hat bestimmt auf ein Wunder gehofft. Denn die Preise, die er für diese Zimmer verlangen konnte, waren viel zu gering. Dies ist ein altes Hotel. Zimmer mit fließend Wasser! Duschräume auf dem Flur! Das ging in den Sechzigerjahren, und zur Not auch noch in den Achtzigerjahren, als Ihr Großvater wirklich gut im Geschäft war. Aber jetzt? Dieses Haus ist erledigt, hier hilft nur ein Wunder. Ein freundlicher Investor.«

»Schwenckendorff«, sagte Katinka halblaut. Sie schüttelte den Kopf.

»Der sicher nicht«, sagte Sumbeck.

»Dann müssen wir zumachen«, sagte sie, und der Nachtportier schaute sie wortlos an. Sie merkte, dass er seit Langem Bescheid wusste, und es gab nichts weiter zu sagen.

# *Kapitel 19*

In dieser Nacht zögerte Katinka, auf ihr Zimmer zu gehen. Sie durchstreifte das Hotel, als ob es schon Zeit für den Abschied wäre. Die Zahlen wimmelten in ihrem Kopf. Das Geräusch der aufreißenden Umschläge klang noch in ihren Ohren. Die nüchternen Mitteilungen: *Sollten Sie die Frist nicht einhalten, wird die Angelegenheit zur gerichtlichen Durchsetzung der Forderung an unsere Anwälte abgegeben.*

Sie ging ins Bibliothekszimmer, setzte sich in den Lesesessel und versuchte sich vorzustellen, wie dieser Raum nackt und bloß aussehen würde. Man würde die Regale leeren und abschrauben, die Sessel raustragen, die Teppiche aufrollen und in den Hinterhof bringen. Das Bild des Panthers abnehmen. Er lächelte ohnehin nicht mehr. Die Tapeten abreißen. Nackte, kahle Wände. Was würde Schwenckendorff damit tun? Oben an der Decke den Stuck abschlagen. Die Wände herausreißen, um Großraumbüros zu bauen. Dann würden dort Rechtsanwaltskanzleien einziehen, die weitere Abmahnungen verfassten. *Da alle bisherigen Beitreibungsmaßnahmen erfolglos blieben, ist nunmehr die MPH Inkasso mit dem Inkasso betraut, um alle notwendigen Maßnahmen gegen Sie durchzuführen.*

»Idiot«, flüsterte sie. »Idiot.«

Doch ihr Vater hörte sie nicht mehr. Und selbst wenn er seine Tochter gehört hätte, ihm wäre nichts anderes eingefallen, als sie mit einem schuldbewussten Lächeln um Verzeihung zu bitten.

Draußen auf dem Kurfürstendamm fuhren noch einige Autos.

Der Nachtbus kam alle halbe Stunde vorbei. Katinka stand am Fenster und blickte auf die Häuser gegenüber. Unten waren Boutiquen und Geschäfte von Schmuckdesignern. Im ersten Stock meist Anwaltskanzleien. Darüber wohnten Mieter, die es sich leisten konnten. Doch diese Berliner starben auch allmählich aus.

Sie horchte auf ihr Hotel. Die Gäste schliefen. Vermutlich hatte sich auch Herr Sumbeck mittlerweile im Ledersessel des kleinen Büros niedergelassen und seine Augen geschlossen. Wahrscheinlich war sie die Einzige, die nicht schlafen konnte.

# *Kapitel 20*

Als sie endlich doch einschlief, tauchte sie im Traum hinab in ihre Kindheit. *Dieses Haus hat kein Geheimnis*, flüsterte sie im Schlaf, doch ein ferner Winkel ihres Gedächtnisses wusste es besser.

Sie träumte von ihrem Großvater. Er hatte ihr alles gezeigt, als sie ein kleines Mädchen war und auf dem Hocker stand: wie man die Gäste zuvorkommend behandelte, welche Tipps für die Stadt man ihnen gab, wie man bei Leuten freundlich blieb, die ständig meckerten. Er unterwies sie auch in der Kunst, wie man den Schlüssel überreichte.

»Zimmer 28, der Herr, wir wünschen einen schönen Aufenthalt!«

»Frühstück von sieben Uhr bis neun Uhr dreißig in unserem Frühstückssaal dort drüben.«

»Selbstverständlich nehmen wir Ihre Briefe entgegen, wir halten auch Briefmarken vorrätig.«

So hatte sie es gelernt. Wenn man gehoben sprach, dann fühlten sich die Gäste als etwas Besonderes. Vielleicht lag es aber auch daran, dass Katinkas Großvater ein alter Mann war.

Vor allem aber war er ein gütiger Mann. Er war vor dem Krieg ausgewandert und hatte sich in Kolumbien niedergelassen. Dort hatte er ein kleines Hotel geführt, zur Hälfte bewohnt von anderen Exilanten aus Deutschland. Sie alle hatten sich geschworen, nie wieder nach Deutschland zurückzukehren. Sie alle hassten die Deutschen. Katinkas Großvater nicht. Er sagte: »Berlin ist meine Heimat, und wenn ich kann, dann kehre ich dorthin zurück.« Und nach dem Krieg kehrte er wirklich zurück und baute dieses Hotel auf.

Er hatte Katinka Bilder aus den Jahren in Kolumbien gezeigt, ein Fotoalbum mit Pergamentblättern zwischen den Seiten. Schwarz-weiße Bilder, die Hälfte unscharf. Frauen mit langen Kleidern, Männer in Anzügen und mit hellen Hüten, Palmen, Gruppenbilder mit ernsten Gesichtern. Sie hatten einen Papagei im Innenhof, der Kusslaute machte, wenn man ihm die Wange hinhielt. Oskar.

Oskars großer Käfig hing auch im Büro in Berlin, und wenn ihr Großvater die Gäste wirklich mochte, zeigte er ihnen den Papagei und führte den Kusstrick vor. Oskar war irgendwann gestorben. Katinka konnte sich nicht mehr an ihn erinnern, nur an die Geschichten über ihn.

Aber ihren Großvater, den hatte sie noch erlebt, auch wenn er ein alter Mann gewesen war und seltsam roch, wenn sie zusammen die Rezeption führten. Es war die beste Zeit. Sie war die Chefin. Sie stand auf dem Hocker an der Rezeption und sagte Sachen wie:

»Der Wasserhahn tropft? Ich werde mich sofort darum kümmern!«

»Den Kurfürstendamm finden Sie gleich rechter Hand. Willkommen in Berlin!«

»Beehren Sie uns bald wieder. Gute Heimreise!«

Damals liebte sie das Hotel. Gerade weil es so altmodisch war. Der Teppichboden war seit den Fünfzigerjahren nicht gewechselt worden. Es gab keine Duschen in den Zimmern, nur Waschbecken. Wer duschen wollte, der musste den Gang runtergehen, wo zwei Duschräume waren. Auch Toiletten gab es nur über den Flur, nicht in den einzelnen Zimmern. Das alles war zwar sehr sauber und nett, aber unglaublich überholt.

Katinka hatte das Gedränge an der Rezeption geliebt, wenn die Gäste plötzlich vom Bahnhof kamen und mit ihren Koffern und Taschen die kleine Lobby füllten. Alle brauchten dringend ein Zimmer, und nur die Hälfte hatte reserviert. Sie waren kein großes Haus, aber meistens fanden sie einen Weg, den Wünschen der Gäste zu entsprechen. Katinkas Großvater behielt stets einen kühlen Kopf, und sie durfte den glücklichen Gästen ihre Schlüssel reichen: »Genießen Sie den Aufenthalt bei uns!«

Sie hatte die verschlafene Atmosphäre am Morgen geliebt, wenn die Gäste nach und nach zum Frühstück kamen. Der Frühstückssaal duftete dann nach Kaffee und frischen Brötchen. Manche Gäste versteckten sich unausgeschlafen hinter der Zeitung. Andere waren schon wach und aufgeregt, und die Liebespaare hielten am Frühstückstisch Händchen.

Sie war gern mit ihrem Großvater durch den Saal gegangen. Er kannte alle Angestellten mit Namen und fragte die Küchenfrauen, wie es ihren Kindern ginge. Er wusste die Namen der Zimmermädchen, auch wenn sie aus Pakistan kamen. Er war ein echter Herr. Als er starb, war sie elf Jahre alt.

Ihr Vater übernahm die Geschäfte, anfangs mit großem Elan, doch bald spürte Katinka die Anspannung, in der er tagtäglich das Hotel führte.

Er lächelte zwar schnell und zuvorkommend, es wirkte aber einstudiert und freudlos. Sie hasste dieses Lächeln, wenn er es auf sie anwendete. »Guten Morgen, Schatz!« Das eingefrorene Lächeln. Das krampfhafte Lächeln. »Gute Nacht, Liebes, schlaf gut!« Die Lippen von den Zähnen weggezogen, die Augen fern und abwesend und traurig.

Vielleicht, so überlegte sie damals in vielen Nächten, lag es ja auch an ihr. Vielleicht nahm er es ihr übel, dass sie ihre Mutter nicht so lieben konnte, wie es sich eigentlich für eine Tochter gehörte. Doch sie konnte sich nicht dazu zwingen. Ihre Mutter blieb ihr fremd, und sie wich immer weiter vor ihr zurück.

Als sie dreizehn Jahre alt wurde, hielt sie es bei ihren Eltern kaum noch aus. Sie saß am Frühstückstisch und hörte, wie sie kauten. Sie schwiegen und kauten. Natürlich waren sie vornehm genug, nicht mit offenem Mund zu schmatzen. Aber sie hörte sie kauen, und sie waren ihr unendlich fremd. Drüben im Hotel, im Frühstückssaal, saßen die Hotelgäste und kauten ebenfalls, aber dort gingen die Kaugeräusche und das Schlucken in den sonstigen Frühstücksgeräuschen unter. Hier oben in der Küche der Schwartzens war es gespenstisch still. Nur das Kauen ihrer Eltern und das Schlucken, wenn sie Kaffee tranken.

Deshalb zog sie mit vierzehn Jahren aus und ging ins Internat. So weit weg wie möglich. Sie brauchte mehr als ein Jahr, bis ihre Eltern einwilligten. Ein Jahr des Bittens und Flehens, ein Jahr der tausend Argumente und Begründungen, auch ein Jahr der subtilen Erpressung und der unverhüllten Drohung, einfach wegzulaufen.

In der Weihnachtszeit hatte sie ihre Eltern so weit, dass sie allmählich nachgaben. Katinka hatte das Internat, in das sie wollte, längst herausgesucht. Ihr Vater schluckte, als er den monatlichen Betrag sah, aber sie rechnete ihm vor, was sie ihn in Berlin kosten würde, mit Nachhilfestunden und Markenklamotten und Psychotherapeuten.

# *Kapitel 21*

Viel zu früh wurde sie geweckt. Das Telefon auf ihrem Nachttisch schrillte. Und es hörte nicht auf, auch wenn Katinka versuchte, das Klingeln zu ignorieren, indem sie sich unter der Bettdecke verkroch.

Schließlich nahm sie den Hörer doch ab.

»Tut mir leid«, sagte Zazie betont leise. »Aber ich kann sie nicht abwimmeln!«

»Was ist los?« Katinka war noch halb in Träume von Gerichtsvollziehern und Inkassounternehmen verstrickt. *Wir fordern Sie hiermit letztmalig auf, den offenen Betrag in Höhe von 21 534,07 Euro unter Angabe des Aktenzeichens an uns zu überweisen.*

»Stehen sie schon vor der Tür? Wollen sie pfänden?«

»Spinnst du?«, fragte Zazie zurück. »Die Baronin verlangt dich zu sprechen. Frau von Rochlitz.«

Katinka atmete auf. »Okay. Kein Problem. Sehr gern. Ich bin in einer Stunde unten. Ich melde mich dann bei ihr.«

»Sorry, Sweetie«, sagte Zazie. »So einfach kommst du jetzt nicht davon. Sie steht gleich neben mir. Ich gebe sie dir mal.«

Der Hörer wurde hinübergereicht, und dann hörte Katinka die Stimme der Baronin, die keinen Widerspruch duldete.

»Wir beide werden heute in den Zoo gehen. Ich warte hier auf dich. In zwanzig Minuten steht der Fahrer bereit. Keine Minute später.«

Katinka wollte noch etwas sagen, doch die Baronin hatte bereits aufgelegt.

Katinka stürzte aus dem Bett. Sie machte sich am Waschbecken frisch, bürstete kurz ihr Haar, fischte irgendeine Bluse aus dem Schrank. Nach zehn Minuten lief sie durch den Flur ins Treppenhaus und hoffte, dass sie in der Küche noch einen Kaffee bekam. Wahrscheinlich war es schon weit nach zehn.

Doch sie hatte sich geirrt, der Frühstückssaal war noch offen, die anderen Gäste frühstückten in aller Ruhe.

Katinka goss sich einen Kaffee ein und nahm ein Croissant. Sieben Minuten hatte sie noch.

Sie kam pünktlich in die Lobby, doch Zazie winkte sie gleich weiter nach draußen: »Der Fahrer ist schon da!«

Vor dem Hotel stand ein hellgrauer Rolls-Royce mit surrendem Motor. Die Baronin thronte auf dem Platz hinter dem Fahrer und ließ Katinka neben sich einsteigen.

»Guten Morgen«, sagte sie beiläufig. »Es ist ein schöner Tag. Zeit für einen Besuch im Zoologischen Garten.«

»Ja«, sagte Katinka. Sie dachte an die vielen Vormittage, als sie diesen Wagen in der Schlüterstraße gesehen hatte. Sie erinnerte sich an den Morgen, als sie mit ihrer Mutter ins Hotel kam und kurz vorher an diesem Rolls-Royce vorbeigegangen war. Die alte Dame hatte sie beobachtet. Oder bildete sie sich das alles nur ein? Sie wünschte sich, dass Finley endlich zurückkäme.

Der Wagen glitt nahezu geräuschlos in den Verkehr des Kurfürstendamms. Die Passanten schauten sich um, ein Rolls-Royce ist ein seltener Anblick in Berlin. Die Baronin hielt den Blick geradeaus nach vorn, und Katinka traute sich nicht zu fragen, weshalb ihr die Ehre zufiel, sie in den Zoo zu begleiten. Geschweige denn, weshalb sie das Hotel beobachtet hatte.

Der Weg war nicht weit. An der Joachimsthaler Straße bogen

sie ab und kamen bald auf den großen Parkplatz vor dem Eingang des Zoos. Der Fahrer hielt ihnen die Tür auf.

»Nimm meinen Arm«, sagte die Baronin.

Katinka führte die alte Dame zum Kassenhäuschen und dann durch die Wege des Zoologischen Gartens. Es war tatsächlich ein besonders schöner Morgen. Der Himmel war klar und hellblau, die Sonne hatte schon ein wenig Wärme. Noch waren kaum Besucher unterwegs, nur vor dem Elefantenhaus lärmte eine Schulklasse, und am Nilpferdhaus spielten vier kleine Kinder am Denkmal für Knautschke. Die Berliner hatten dieses Nilpferd geliebt, weil es gemeinsam mit ihnen die Jahre des Bombenkriegs überstanden hatte. In den Hungerjahren nach dem Krieg hatten sich viele Einwohner etwas Brot vom Munde abgespart, um es Knautschke zu bringen.

Die Baronin ging langsam, aber sie wirkte nicht zerbrechlich. Sie stützte sich kaum auf Katinkas Hand. An einem Gespräch war ihr nicht gelegen, und das war Katinka sehr recht. Sie merkte, dass die finanzielle Katastrophe, die sie am Abend entdeckt hatte, jetzt wieder in ihr Bewusstsein sickerte. Sie seufzte heimlich auf und hoffte, dass die Baronin sie nicht hörte. Ausgeschlossen, der alten Dame davon zu erzählen.

Frau von Rochlitz strebte auf das Raubtierhaus zu. Die erste Fütterung der Löwen war für zehn Uhr angekündigt, und eine Schulklasse hatte sich bereits die besten Plätze vor dem Käfig gesichert. Die Kinder waren acht oder neun Jahre alt und vertrieben sich die Wartezeit, indem sie möglichst löwenähnlich knurrten und fauchten, um die Tiere auf sich aufmerksam zu machen.

Doch die Baronin interessierte sich nicht für die Löwen, sie ließ sich vor dem Käfig des Panthers nieder.

»Setz dich neben mich«, sagte sie.

Dann sagte sie eine Viertelstunde gar nichts. Katinka wartete einfach ab. Drüben wurden den Löwen die Fleischstücke hingeworfen, und die Kinder waren lauter als die Raubtiere. Die Löwen spielten eher nachlässig mit den blutigen Knochen, obgleich ihnen die Unruhe des Hungers anzumerken war.

Der Panther im Käfig vor ihnen aber wanderte rastlos hin und her. Sein schlanker schwarzer Körper bewegte sich lautlos. Katinka entdeckte die Leopardenmusterung seines Fells, als er in einem Sonnenfleck stehen blieb.

»Er ist ja gar nicht ganz schwarz«, sagte sie verwundert. Sie sah es zum ersten Mal.

Die Baronin von Rochlitz äußerte sich nicht dazu.

»Katinka Schwartz«, sagte sie mit ihrer festen, klaren Stimme. »Heute Morgen habe ich mit Herrn Sumbeck gesprochen. Ich kenne ihn noch von früher, er ist ein einfacher und bescheidener Mensch. Ich habe ihn noch nie so erschüttert gesehen. Wenn ich ihn recht verstanden habe, bangt er um die Weiterführung des Hauses. Er deutete an, dass du dieses Haus dem Investor überlassen möchtest. Und das kommt überhaupt nicht infrage. Du musst dieses Erbe annehmen. Dieses Hotel darf unter keinen Umständen in fremde Hände fallen. Habe ich mich klar und deutlich ausgedrückt?«

Der Panther war stehen geblieben, als er die herrische Stimme der Baronin hörte. Doch dann setzte er seinen Gang fort, immer im Kreis herum, und Katinka dachte an Rilkes Gedicht. Sie flüsterte es leise vor sich hin:

»Sein Blick ist vom Vorübergehn der Stäbe
so müd geworden, dass er nichts mehr hält.

Ihm ist, als ob es tausend Stäbe gäbe
und hinter tausend Stäben keine Welt.«

»Ich kenne das Gedicht«, sagte die Baronin. »Dieser Panther ist jedoch nicht müde, sondern sehr munter. Es ist ein junges Tier. Es gehört weiß Gott nicht hinter diese Gitter. Ich hatte selbst einmal einen Panther, ein edles Tier! Doch das ist eine andere Geschichte. Und du lenkst vom Thema ab.«

»Wir haben entsetzlich hohe Schulden, Frau von Rochlitz«, sagte Katinka. »Ich kann das Erbe nicht annehmen, denn dann würde ich die Schulden übernehmen.«

»Ach, Schulden.« Die Baronin machte eine wegwerfende Handbewegung. »So schlimm kann das nicht sein. Dein Vater war nie ein guter Geschäftsmann, das weiß ich. Aber allzu hoch dürften die Schulden nicht sein.«

»Nicht hoch? Eine halbe Million?« Katinkas Stimme ging steil nach oben. Sie fragte sich ohnehin, mit welchem Recht sich die Baronin einmischte. Es ärgerte sie, dass sie die grauenhafte Zahl, die ihr jede Minute die Luft abschnürte, hier im Raubtierhaus des Zoologischen Gartens laut aussprach. Die Schulklasse war längst wieder gegangen. Andere Besucher waren nicht zu sehen, auch keine Tierpfleger. Dennoch war es ihr peinlich.

»Eine halbe Million!« Die Baronin musste die Zahl natürlich wiederholen. Sie klang amüsiert. Und auch der Panther schien darüber zu lächeln.

»Das Hotel fällt an Schwenckendorff«, sagte Katinka entschlossen. »Ich kann nichts dagegen tun. Ich will auch nichts tun. Ich habe auch noch ein Leben.«

»Das kommt überhaupt nicht infrage«, sagte die Baronin. »Nur über meine Leiche.«

Na ja, dachte Katinka in einem Anfall von makaberer Nüchternheit, das wird nicht mehr lange dauern. Aber sie führte den Gedanken nicht aus.

Stattdessen fragte sie: »Was mischen Sie sich da eigentlich ein? Bei allem Respekt natürlich.«

»Das geht dich überhaupt nichts an«, sagte die Baronin kurz angebunden. Doch sie besann sich. »Ich will es dir sagen. Ich kenne das Haus, seit ich ein Kind war. Lange bevor es zu einem Hotel wurde. Meine Eltern waren mit dem ersten Besitzer befreundet, einem Fabrikanten. Er gab rauschende Feste dort unten, wo jetzt der Frühstückssaal ist. Und die Räume oben sahen völlig anders aus, sie waren riesig! Und voller Musik. Anfang der Dreißigerjahre spielte Benny Goodman dort.«

»Kenn ich nicht«, sagte Katinka.

»Er war der King of Swing. Zu keiner Musik kann man so tanzen wie zum Swing. Es ist eine Musik zum Glücklichsein, und damals wollten wir noch einige Nächte lang glücklich sein, denn wir wussten, was uns bevorstand.«

»Wirklich, Sie wussten es?«

»Wir ahnten es natürlich, doch wir wussten nicht, dass es so schlimm werden würde.«

Die Baronin schaute in den Käfig, in dem der Panther unruhig im Kreis ging. Doch sie sah nicht seine schmale, muskulöse Gestalt, sondern sie war tief in ihre Erinnerungen eingetaucht. Katinka verlor allmählich ihre Geduld. Sie kannte die alte Dame kaum und wollte nicht zu ihrer Gesellschafterin werden. Ein Ausflug in den Zoo, das war okay, sozusagen ein Service des Hauses, da die Baronin in der teuersten Suite wohnte und entsprechende Einnahmen versprach. Aber deshalb wollte

Katinka nicht ihre Freundin werden und schon gar nicht ihre Kriegsgeschichten hören.

»Wenn Ihnen das Haus so viel bedeutet«, sagte sie schließlich, um das leidige Thema abzuschließen, »wieso kaufen Sie es nicht?«

»Ich bin nicht in der Immobilienbranche tätig«, sagte Baronin von Rochlitz spitz. »Außerdem habe ich nicht genug Geld. Ich habe nur meine Erinnerungen.«

»Da haben wir etwas gemeinsam«, sagte Katinka. Dann zuckte sie mit den Schultern. »Vielleicht macht Herr Schwenckendorff ja etwas Gutes daraus. Er hat schon andere Häuser in der Nachbarschaft renoviert, und die sehen sehr hübsch aus, soweit ich das beurteilen kann.«

»Kannst du nicht«, sagte Frau von Rochlitz. »Schwenckendorff wird dieses Haus in der Schlüterstraße zerstören. Auch wenn die Fassade dann vielleicht cremefarben angepinselt ist, die Seele wird verschwunden sein. Und das darf nicht passieren. Niemals!«

Der Panther hatte sich hingelegt, er beobachtete die beiden ungleichen Besucherinnen vor seinem Käfig. Den Kopf hielt er schräg geneigt, was ihm ein ungläubiges Aussehen verlieh. Seine Augen schlossen sich nach einer Weile und öffneten sich dann langsam und schmal. Er sah sie immer noch – die alte Dame, die trotz ihres Alters eine elegante und anmutige Haltung hatte, und die junge Frau an ihrer Seite, die ihre Arme auf den Knien aufgestützt hatte und nervös mit den Schuhen wippte.

Katinka hatte genug. »Lassen Sie uns, bitte, gehen.«

Sie stand auf und wandte sich zum Ausgang. Wegen ihrer Ungeduld bekam sie es nicht mit, dass die Baronin dem Panther zum Abschied zuzwinkerte.

Der Fahrer des Rolls-Royce öffnete so eilfertig die Türen des Wagens, als hätte er in der letzten Stunde nichts sehnlicher erhofft als die Rückkehr der Baronin.

Sie fuhren zurück zum Hotel. Beide schwiegen. Katinka fragte sich, was aus der schwarzen Katze geworden war, die sie in ihren ersten Tagen von außen zu sehen glaubte, als der Rolls-Royce am Hotel gewartet hatte. Sie traute sich aber nicht, die Baronin zu fragen.

»Wissen Sie, was komisch ist«, sagte Katinka, als sie in der Schlüterstraße angelangt waren: »Als Herr Schwenckendorff mich dazu bringen wollte, das Hotel aufzugeben, habe ich das Gleiche zu ihm gesagt, was Sie jetzt zu mir sagen. *Niemals!* Doch dann habe ich die Rechnungen gesehen. Den Kontostand. Da habe ich eingesehen, dass es keine Rettung gibt. Ich bin noch nicht einmal volljährig, sodass ich nicht zur Bank gehen kann, um mich dort beraten zu lassen. Meine Mutter ist mir keine Hilfe. Ich denke, dass sie das Hotel los sein möchte. Wir verstehen uns ohnehin nicht besonders gut. Aber egal, ich wollte nur sagen, dass ich Sie verstehen kann. Ich mag dieses Haus ja auch. Aber es ist einfach ein Haus voller Schulden.«

Die Baronin sah Katinka lange an, und es wirkte einen kurzen Moment so, als wollte sie lächeln oder ihr über die Wangen streichen. Doch selbstverständlich wahrte sie die Fassung.

»Du irrst dich«, sagte sie schließlich. »Dieses Haus hat weit mehr zu bieten als Schulden.«

# *Kapitel 22*

Auch wenn die Lage weiterhin aussichtslos war, fühlte sich Katinka doch eigenartig gestärkt nach dem Gespräch mit der Baronin. Sie spielte auf Zeit. Schwenckendorff hatte nicht gesagt, was er in die Wege leiten wollte, um das Hotel an sich zu bringen. Er hatte nur vage gedroht. Katinka ihrerseits konnte nichts tun, solange sie sich nicht entschied, ob sie das Erbe annahm oder ausschlug, und vor allem konnte sie nichts tun, solange sie nicht volljährig und damit geschäftsfähig war. Ihr achtzehnter Geburtstag lag in nicht allzu weiter Ferne, es waren noch sechs Wochen bis dahin. Eigentlich musste sie dann schon wieder im Internat sein.

Endlich kam Finley zurück. Er war in Amsterdam gewesen und schwärmte von der Schönheit der Stadt.

»Tausendmal schöner als Berlin«, sagte er. »Aber ich habe dich vermisst. Wie ist es dir ergangen?«

»Schrecklich«, sagte Katinka. »Schrecklich, schrecklich. Und es wird von jetzt an wahrscheinlich noch schlimmer.«

Finley lächelte sarkastisch: »Tut mir leid zu hören, dass meine Anwesenheit offenbar als peinigend empfunden wird.«

Daraufhin erzählte sie ihm von der Beerdigung ihres Vaters und der Testamentseröffnung. Von der Reaktion ihrer Mutter und Schwenckendorffs Drohung. Und vom Gespräch mit der Baronin.

»Du wirst es nicht glauben, aber ihr gehört der hellgraue Rolls-Royce, den wir morgens manchmal vor dem Eingang gesehen haben. Eine verrückte alte Dame. Sie wohnt jetzt hier!«

»Hast du jemandem von Skripnik und dem Leierkastenmann erzählt?«, fragte Finley.

Katinka schüttelte den Kopf. Sie hatte jene Nacht in der Bibliothek schon fast vergessen. Es war einfach zu viel geschehen seither.

»Lass uns ins Bücherzimmer gehen und den Panther ansehen«, sagte Finley.

Als sie vor dem Bild standen, nahm er ihre Hand. »Du hast eine krass schwierige Zeit hinter dir. Es tut mir leid, dass ich so lange weg gewesen bin.«

»Erinnerst du dich an die Nacht, als Skripnik das Bild hier gefunden hat?«, fragte Katinka. »Am Tag darauf ist er verschwunden. Wie konnte er nur wissen, dass das Bild vom Leierkastenmann hinter dem Pantherbild verborgen war? Jetzt kommt es mir so vor, als hätte ich es nur geträumt.«

»Ich war dabei«, sagte Finley. »Und ich vermisse Skripnik. Er ist ein eigenartiger alter Mann, der den schmalen Pfad zwischen Spürsinn und Wahnsinn entlangwandert, mal auf der einen, mal auf der anderen Seite. Hoffentlich kommt er jetzt, da er das Bild gefunden hat, endlich zur Ruhe.«

Der Panther auf dem Bild schaute die beiden an, die Hand in Hand vor ihm standen, und diesmal schien er wirklich zu lächeln.

»Dein Hemd steht dir gut«, sagte Katinka und wurde rot, was im warmen Halbdunkel des Bibliothekszimmers jedoch nicht auffiel. Sie wartete auf eine Antwort von ihm, mit der er den peinlichen Moment überspielen würde. Darin war er eigentlich unglaublich feinfühlig. Doch diesmal schwieg Finley, und als Katinka einen kurzen Blick auf ihn riskierte, schien es ihr, dass er selbst ein wenig rot geworden war.

»Ich mag dieses Hemd auch«, sagte er schließlich.

Und ich mag dich, dachte Katinka. Aber selbstverständlich sagte sie das nicht. Auf keinen Fall. Wahrscheinlich, dachte sie, weiß er es längst und lacht sich tot über mich. Sie wusste selbst nicht, wie ihr geschah. Denn nicht nur sie mochte Finley, ihr ganzer Körper mochte ihn. Fühlte sich zu ihm hingezogen, wie sie es noch nicht erlebt hatte, und es fiel ihr schwer genug, diesem Sehnen nicht nachzugeben. Sie beneidete Finley um seine souveräne Gelassenheit.

Sie erzählte ihm dann auch von den unzähligen Rechnungen. Es war ihr furchtbar peinlich, aber er lachte sich halb tot, als sie den Wortlaut wiederholte. *Nachdem Sie trotz der in dieser Sache erfolgten Mahnungen die Forderung nicht ausgeglichen haben, müssen wir die Angelegenheit zur gerichtlichen Durchsetzung der Forderung an unsere Anwälte abgeben … Wir fordern Sie hiermit letztmalig auf, den offenen Betrag in Höhe von 21 534,07 Euro unter Angabe des Aktenzeichens an uns zu überweisen …*

Schließlich fielen ihr doch die Augen zu. »Sorry«, sagte sie. »Ich gehe schlafen.«

Finley brachte sie zu ihrem Zimmer. Sie gingen leise durch die langen Flure, um die anderen Gäste nicht zu stören. Vor ihrem Zimmer blieb sie stehen und umarmte ihn.

Sie umarmte ihn so, wie man jemanden umarmt, den man mag. So hatte sie auch Allie und Kimberley umarmt. Doch es war anders mit Finley, auch wenn sie sich Mühe gab, die Angelegenheit unverfänglich zu halten. Finley ließ sich Zeit, er schloss seine Arme um ihren Rücken und zog ihren Körper dicht an sich. Sie war plötzlich seinem Hemd ganz nah, und hinter seinem Hemd waren seine Brust und seine glatte Haut, und all das roch sehr gut.

»Gute Nacht«, sagte Finley und löste die Umarmung.

»Okay«, sagte sie hastig und trat gehorsam den inneren Rückzug an. Sie wollte nicht gleich als *overly attached girlfriend* einsteigen. Vielleicht brauchten Jungs einfach mehr Zeit. Oder er interessierte sich doch nicht so sehr für sie.

Er ging den langen Flur entlang, drehte sich noch einmal um und warf ihr eine kleine Kusshand zu.

»Es ist schön, wieder hier zu sein«, sagte er.

Katinka schlief glücklich ein, und als der Wecker sechs Stunden später klingelte, war sie immer noch glücklich.

# *Kapitel 23*

Am nächsten Morgen stand Schwenckendorff in der Lobby. Er hatte einen dünnen Mann mitgebracht.

»Kramer, Gerichtsvollzieher des Amtsgerichts Charlottenburg«, stellte er sich mit einer knappen Verbeugung vor. Er klammerte sich an seine Aktentasche. Sein lichtes Haupthaar hatte er quer gekämmt, um den Schädel notdürftig zu bedecken.

»Wir haben hier mehrere Vollstreckungsbescheide gegen Sie vorliegen. Ist Ihr Herr Vater zugegen?«

»Mein Vater ist tot«, sagte Katinka.

Der Gerichtsvollzieher erschrak und warf einen fragenden Blick auf Schwenckendorff, doch der stand währenddessen breitbeinig an der Rezeption und tuschelte mit Zazie. Sein Blick schweifte dabei genüsslich über die Lobby hin, als würde ihm dieses Hotel schon in naher Zukunft gehören. Vermutlich bereitete er im Kopf die ersten Umbauarbeiten vor.

Der Gerichtsvollzieher schluckte und begann von Neuem. »Wer führt denn hier gegenwärtig die Geschäfte?«

»Ich«, sagte Katinka. »Ich bin die Erbin.«

Herr Kramer schaute sie eine Weile mit offenem Mund an. »Das ist nicht Ihr Ernst. Dieses Haus ist doch nach allem, was ich darüber erfahren habe, vollkommen überschuldet.«

»Doch, es ist mein Ernst«, sagte Katinka. »Wir werden die Schulden abtragen. Wenn Sie sich umschauen möchten, können Sie das gern tun. Doch ich bitte Sie, dabei diskret vorzugehen. Lassen Sie die Gäste aus dem Spiel.«

Der Gerichtsvollzieher nickte eilfertig. »Natürlich. Selbstverständlich. Wir machen das ganz unauffällig. Ist ja auch eher ein reiner Verwaltungsakt. Ich muss nur feststellen, dass hier keine Reichtümer versteckt sind.«

Katinka hätte beinahe angefangen, hysterisch zu kichern. Aber sie wollte seriös wirken, vor allem in Anwesenheit von Schwenckendorff, und nahm sich zusammen.

Der Investor rieb sich unternehmungslustig die Hände. »So, Kramer, wären wir dann so weit?«

Herr Kramer sagte: »Sehen Sie es mir nach, doch Herr Schwenckendorff berichtete von einem wertvollen Bild, das hier im Bibliothekszimmer hängen soll. Ich würde gern einen Blick darauf werfen.«

Katinka gefiel es überhaupt nicht, wie der Investor in ihrem Hotel seine Erkundigungen einzog und weitererzählte. Doch sie ließ sich nichts anmerken. »Natürlich, kein Problem.«

Sie gingen zu dritt ins Bibliothekszimmer. Herr Kramer betrachtete ratlos das große Bild des Panthers, der geduckt durch das Unterholz schlich. Die Augen der schwarzen Raubkatze beeindruckten ihn sichtlich.

»Schönes Bild. Ich bin kein Kunstkenner. Doch wenn dieses Bild wirklich wertvoll ist, dann müsste ich es einziehen, damit Sie Ihre Schulden zurückzahlen können.«

Hier schnaubte Schwenckendorff verächtlich.

»Einen Teil Ihrer Schulden zumindest«, korrigierte der Gerichtsvollzieher. »Ich werde einen Kollegen herschicken. Das kann aber dauern. Wir haben nur einen Kollegen, der sich einigermaßen mit Kunst auskennt, und der ist ständig krank.«

»Dieses Bild geben wir auf keinen Fall her, egal, ob es wertvoll ist oder nicht«, sagte Katinka. »Dieses Bild bleibt hier, solange dieses Hotel von uns geführt wird.«

Schwenckendorff lachte sarkastisch. »Dann werden wir ja nicht mehr lange warten müssen. Finden Sie sich damit ab, dass Ihre Tage gezählt sind. Bestellen Sie schon die Möbelwagen. Machen Sie einen großen Räumungsverkauf, bei dem all dieser Plunder angeboten wird. Sie werden noch jahrzehntelang Ihre Schulden abstottern.«

Der Gerichtsvollzieher unterbrach die Drohungen des Investors. »Nach meinem Ermessen sind hier keine Wertsachen zu pfänden. Vermutlich wird man zunächst den Weg über Kontopfändungen gehen.«

Katinka schwitzte, als sie das hörte. Wenn es keine Konten mehr gab, dann konnte sie den Betrieb einstellen.

»Geben Sie uns doch etwas Zeit«, sagte sie. »Mein Vater ist vor wenigen Tagen gestorben. Ich versuche, die Hinterlassenschaften zu sichten und zu ordnen. Rechtsanwalt Dr. Dörner wird Ihnen sicherlich gern mit weiteren Auskünften helfen.«

Herr Kramer klopfte ihr freundlich auf die Schulter. »Gewiss. Machen Sie sich keine Sorgen. Unsere Mühlen mahlen sehr langsam.«

Dann verabschiedete er sich.

Schwenckendorff sagte im Hinausgehen: »Dann muss ich wohl andere Saiten aufziehen.«

# *Kapitel 24*

Katinka hätte sich gern noch einmal mit der Baronin von Rochlitz unterhalten, doch die alte Dame schien das Interesse an ihr verloren zu haben. Sie kam nicht zum Frühstück, sondern verschwand schon sehr früh mit dem bestellten Rolls-Royce. Offenbar nahm sie ihr Frühstück woanders ein.

Ohnehin kam und ging sie, wie es ihr beliebte. Zazie und Katinka wussten oft nicht, ob die Baronin in ihren Räumen war oder außer Haus, denn sie hatte einen eigenen Schlüssel für die Suite und den Eingang des Hinterhofes.

Zwei Gäste aus dem ersten Stock beschwerten sich morgens über einen strengen Geruch, den sie in der Nacht wahrgenommen hätten und der ihnen rätselhaft gewesen war.

»Es riecht hier irgendwie nach Katze«, sagte eine Kölnerin mit sehr langer Nase, als sie auscheckte. »Darf man seine Haustiere mitbringen?«

Katinka schickte zwei Zimmermädchen los, um in den Fluren und den freien Zimmern zu kontrollieren, ob irgendwelche ekelhaften Überreste dort schimmelten oder ob eine Ratte im Lüftungsschacht verendet war. Doch sie fanden nichts, und als Katinka selbst noch einmal nachschaute, entdeckte sie auch nichts, und der Geruch schien verflogen zu sein. Es roch ein wenig streng, das stimmte, doch sie fand nicht heraus, was es war und woher dieser spezielle Geruch kam.

Bis auf den Zwischenfall mit den albanischen Boxern verlief die Woche friedlich.

Die Boxer hatten drei Doppelzimmer im zweiten Stock belegt, jeder Boxer teilte sich das Zimmer mit seinem Trainer. Zwei weitere Zimmer waren für die Freundinnen der Sportler und Trainer gebucht. Am Freitag standen Qualifikationskämpfe für die Box-Europameisterschaften an. Die Boxer wirkten hoch konzentriert, die ganze Gruppe hielt sich abseits der anderen Gäste. Im Frühstückssaal sah Katinka es kaum einmal, dass sie miteinander sprachen. Die drei jungen Boxer hatten kahl geschorene Schädel und fiebrig glänzende Augen.

Katinka hatte sich ihre Namen gemerkt, da sie ungewöhnliche internationale Vornamen mochte. Der Größte von ihnen hieß Luftar. Ein geschmeidiger Berg von Muskeln und Sehnen. Wahrscheinlich trat er im Schwergewicht an. Der Kleinste hieß Flamur. Ein drahtiger, hektischer Junge, der von seiner sehr beleibten Freundin ständig bemuttert wurde. Sie fütterte ihn geduldig mit Salaten und Gemüse. Erion stand dazwischen; Mittelgewicht, nahm Katinka an. Er hatte eine unangenehme, fast brutale Aura. Er sah niemandem gerade in die Augen, nicht einmal seinem Trainer. Sein Blick klebte am Boden oder glitt an den Fußleisten entlang. Seine Bewegungen waren ruppig, fahrig, er stieß oft den Zuckerstreuer um, wenn er über den Tisch langte. Erion murmelte dann eine Abfolge dunkler Laute, die eine Entschuldigung hätten sein können oder ein Vorwurf, dass man ihm den Zucker in den Weg gestellt hätte.

Die drei Boxer aßen viel. Die Küchenfrauen machten ihnen Omelettes nach den Wünschen der Trainer, viel Speck, viel Zwiebeln. Die Freundinnen ermutigten sie zum Essen, auch wenn sie selbst längst schon fertig waren. Luftar, Flamur und Erion hielten die Gabeln in der geballten Faust und schaufelten mit gesenkten Köpfen das Essen in sich hinein. Sie tankten Kraft, Masse, Kampfbereitschaft. Man hörte sie schmatzen und schlucken. Sie sagten nichts, nur die Trainer und auch die Freundinnen redeten im weichen albanischen Singsang auf sie ein.

Für gewöhnlich blieben die Tische um den Bereich der Sportler frei, da die anderen Gäste sich ein wenig vor ihnen fürchteten.

Die ohnehin düstere Aura dieses Tisches wurde am Morgen des Tages, an dem die Kämpfe in der Max-Schmeling-Halle ausgetragen wurden, wirklich finster. Die drei Jungs standen unter Hochspannung. Sie brachten an diesem Freitagmorgen kaum einen Bissen hinunter, obwohl die Freundinnen sie geradezu anflehten. Flamur, Erion und Luftar saßen mit verschränkten Armen am Tisch. Die Köpfe kahl geschoren. Katinka bemühte sich um einen unverfänglich heiteren Tonfall, als sie ihnen alles Gute wünschte.

Man hörte den Freitagabend nichts über die Kämpfe. Für eine Fernsehübertragung waren sie nicht wichtig genug. Katinka stand bis elf Uhr an der Rezeption, dann löste Herr Sumbeck sie ab.

»Die Boxer müssten auch noch kommen«, sagte sie, damit er die Tür nicht vorzeitig abschloss.

»Hoffentlich gewinnen sie ihre Kämpfe«, sagte Herr Sumbeck. »Gestern Abend kam noch Herr Schwenckendorff zu ihnen. Es war fast Mitternacht. Vermutlich wollte er ihnen Glück wünschen. Ich wusste nicht, dass er so persönliche Beziehungen zu den Boxern pflegt.«

Katinka lag zwar lange wach, hörte die Boxer und ihren Tross aber nicht mehr kommen. Die Zimmer lagen eine Etage tiefer in einem entfernten Flur.

Als sie morgens in den Frühstückssaal kam, bemerkte sie sofort die verängstigten Gesichter der übrigen Hotelgäste. Drüben am Fenster saßen Luftar, Flamur und Erion. Ihre Gesichter waren angeschwollen. Die Augenlider lappten verquollen über die Augen. Die Augenbrauen waren getackert.

Ihre Laune war denkbar schlecht. Selbst die Trainer und ihre Freundinnen hielten einen respektvollen Abstand. Die mütterliche Freundin des kleinen sehnigen Flamur versuchte, ihn zu trösten, doch er wehrte ihre zärtlichen Gesten mit wachsendem Groll ab.

Als eine der Küchenfrauen in den Saal kam, um den Kaffee aufzufüllen, winkte Luftar sie zu sich heran. Seine Geste war ein Befehl.

Sie kam langsam, fast widerwillig an seinen Tisch.

Er saß breitbeinig da. Man sah ihm auch im Sitzen seine zwei Meter und hundertzwanzig Kilogramm an. Jogginganzug, Adiletten, Goldkette mit Kreuz. Ebenso sah man ihm die furchtbare Niederlage des gestrigen Abends an. Er hatte schlechte Laune. Seine beiden Fäuste ruhten auf der Tischplatte.

»Hast du Bier, Frau«, sagte er mit sehr starkem Akzent.

»Nee, hamwa nich«, sagte die Küchenfrau in dem abschätzigen Tonfall, in dem sie mit allen Gästen sprach. Etwas Furcht schwang diesmal mit.

»Bring mir Bier«, sagte Luftar. »Bring auch meinen Freunden Bier zu trinken.«

Erion hob seinen Schädel und starrte die Küchenfrau mit einem fiesen Grinsen an. »Ja, Bier.«

Und der ausgemergelte kleine Boxer Flamur schloss sich seinen beiden Kollegen an: »Bringst du zu trinken für uns alle.«

Die Küchenfrau hatte sichtlich Angst, doch sie stemmte die Hände in die Seiten und erklärte ihnen: »Dies ist ein Hotel, Freunde. Hier gibt es Frühstück, nichts weiter. Sie können sich gern am Büfett bedienen. Wenn Sie Bier möchten, gehen Sie in eine Kneipe.«

Luftar stand langsam auf. Er erhob sich, er wuchs geradezu in die Höhe, und indem er aufstand, nahm er den Frühstückstisch mit. Die Tischplatte kippte, die Teller, Tassen, Messer und Gabeln, die Platte mit den Omelettes, die Marmeladennäpfe und Salzstreuer rutschten in einem Schwung zu Boden und zersplitterten.

»Bring uns Bier, Lopa«, sagte Erion.

Er war ebenfalls aufgestanden. Die drei Jungs ließen die Schultern hängen, die Hände baumelten in der Luft, bereit für den ersten Schlag.

Die Trainer versuchten vergeblich einzugreifen, sie wurden von den drei Boxern zur Seite gewischt. Ihre Freundinnen rannten aus dem Frühstückssaal heraus. Vermutlich ahnten sie bereits, was nun folgen würde.

Luftar machte einen Schritt auf die Küchenfrau zu, die noch schreckstarr mit aufgerissenem Mund vor ihm stand. Vor ihr lagen die Scherben und Reste des Frühstücks. Sie wich zurück und hob die Arme über sich, um ihr Gesicht zu schützen.

Doch Luftar schlug nicht zu. Er trieb sie nur zurück in den Küchenbereich. Erion und Flamur bewegten sich lässig durch die Reihen der Frühstückstische und nickten den Hotelgästen zu. Was vielleicht als Lächeln gemeint war, wurde durch die verquollenen Gesichter zu einer erschreckenden Abfolge von Grimassen. Die ersten Gäste erhoben sich und wollten ebenfalls den Saal verlassen.

»Das Frühstück ist vorbei«, verkündete Luftar. »Gehen nach Hause. Verlassen Sie Hotel.«

Er stand jetzt mit seinen beiden Kollegen am Buffet und langte nach der Milchkaraffe. Er kippte sie mit sichtlichem Genuss um, die Milch ergoss sich auf den Fußboden. Die Müslischalen folgten und zersprangen auf dem Boden. Flamur hob einen Stapel Teller in die Höhe und ließ ihn auf den Boden prasseln. Erion wischte einen Satz Gläser vom Buffet.

Die meisten Gäste flohen. Nicht alle wagten sich an den drei Boxern vorbei, sondern schoben sich an der gegenüberliegenden Wand entlang bis zur Saaltür.

Katinka erwachte erst jetzt aus ihrer Lähmung.

»Dieses Hotel ist geschlossen«, verkündete Luftar in seinem gebrochenen Deutsch.

»Das ist es nicht«, sagte Katinka.

Er drehte sich nach ihr um. Seine Hände schwangen locker an den Seiten. Er war bereit.

»Immer ruhig«, sagte Katinka. »Alles okay. Kein Stress.«

Sie sprach mit dem Boxer, wie man mit einem bissigen Hund redet. So freundlich wie möglich. So vorsichtig wie nötig. Sie war sehr vorsichtig. Die Hotelgäste hatten den Saal verlassen, sie stand jetzt allein den Boxern gegenüber. Der Boden war übersät mit Scherben und Glassplittern, eine Kaffeelache breitete sich aus. Der Orangensaft tropfte vom Buffettisch.

»Ist dein Hotel?«, fragte Flamur plötzlich. Er war nur neugierig, nicht bösartig.

»Mein Vater ist gestorben«, sagte Katinka. »Jetzt bin ich allein.«

»Du solltest verkaufen«, sagte Flamur.

»Wer sagt das?«

»Hab Namen vergessen«, murmelte Flamur. Ihm war die Sache peinlich, er wollte jetzt schnell verschwinden.

Luftar, der Hüne, trat noch mehrmals gegen den Buffettisch, um das Honorar für seinen Einsatz zu rechtfertigen. »Kannst du nicht Bier bringen, hast du selbst Schuld.«

Dann wechselten die drei Boxer einige albanische Sätze, und ihre Mienen entspannten sich. Sie lockerten ihre Schultern. Offenbar war der Einsatz beendet.

Als sie an Katinka vorbeigingen, blieb Flamur kurz stehen und blickte nicht unfreundlich zu ihr auf.

»Solltest Hotel verkaufen, sonst immer weiter Ärger, viel Ärger«, sagte er. »Nicht alle Businessmen sind so nett wie wir.«

»Du kannst mich mal mit deinem Business«, sagte Katinka.

Da waren sie schon im Aufzug verschwunden.

# Kapitel 25

In den nächsten Tagen geschah nichts weiter. Katinka rechnete mit einem weiteren Angriff des Investors, doch von Schwenckendorff kam nichts, nur ein kaltes, unerbittliches Schweigen. Keine Rechnung, keine weitere Mahnung, keine Drohungen mehr.

Das *Marabu* war über die Ostertage ausgebucht. Es kam also wirklich gutes Geld herein, und Katinka nahm sich vor, so bald wie möglich mit den Banken zu sprechen. Vielleicht konnte sie um Aufschub bitten. Einen Finanzplan vereinbaren. Sie würde Dr. Dörner fragen, ob er sie begleitete.

Sie hatten eine nette spanische Familie im Haus. Die Kinder brachten Leben in die dritte Etage. Zwei Fotografen aus Holland erzählten, dass sie stets zu Ostern nach Berlin kamen und immer im *Marabu* abstiegen. »Helmut Newton hat hier in diesem Haus seine Fotografenlehre gemacht, und er sagt, dies sind heilige Räume«, erzählte einer an der Rezeption.

Drei schwedische Mädchen wohnten bei ihnen, weil sie überlegten, in Berlin zu studieren, und sich in Ruhe eine Wohnung suchen wollten. Sie erzählten mit leuchtenden Augen von den Hipsterpartys unten in Neukölln und bewegten sich so gelassen durchs Leben wie alle Mädchen mit reichen Eltern.

Es kamen Blues-Fans aus Finnland, weil im *Quasimodo*, einem Jazzkeller unten an der Kantstraße, eine berühmte Sängerin aus Alabama auftrat.

Katinka mochte es, sich mit diesen Menschen zu unterhalten. Sie fühlten sich wohl im *Marabu*. Und sie liebte es, mit Zazie zusammenzuarbeiten. Zazie war zuverlässig und fast immer gut gelaunt. Sie ging einfach gern mit Menschen um.

Eines Nachmittags fasste sich Katinka ein Herz und erzählte ihr von der Unterredung mit Schwenckendorff. Zazie hörte sehr genau zu und erkundigte sich nach dem Schuldenstand.

»Genau weiß ich es nicht. Es sind unglaublich viele Rechnungen aufgelaufen. Vielleicht müssen wir bald schließen.«

»Niemals!«, sagte Zazie. »Dieses Haus ist so cool, das darf man nicht schließen. In zehn Jahren machen sie ein Museum daraus. Die Wasserhähne sind noch aus den Dreißigerjahren! Der Teppich ist seit 1954 nicht gewechselt worden. Hier müsste man Filme drehen. Partys feiern! Dann hast du die halbe Million im Handumdrehen wieder drin.«

»Okay«, sagte Katinka. »Wir machen weiter, solange es geht, jeden Tag, jede Woche, immer weiter. Vielleicht vergisst uns Schwenckendorff, wenn er ein anderes Haus entdeckt, das er ausschlachten möchte.«

Finley glaubte nicht, dass er sie vergessen würde. Er saß gern bei ihnen an der Rezeption und zeichnete das Mobiliar des Hotels, die Wandtäfelung, die schweren Sessel in der Lobby, den Aufgang zum Treppenhaus, die rote Couch vor der gestreiften Tapete. Er hatte auch schon Herrn Sumbeck während der Nachtschicht gezeichnet, als der alte Mann im Sessel schlief.

»Es ist ein wunderbares Haus«, sagte Finley mit seinem englischen Akzent, dem Katinka insgeheim völlig verfallen war. Sie hätte ihn am liebsten dauernd geküsst, wenn er redete. »Wer weiß, welche Geheimnisse es noch in sich birgt.«

# *Kapitel 26*

Schottland kann sehr weit entfernt sein von Berlin. Katinka hatte lange nicht an Allie und Kimberley geschrieben, obwohl sie ihr manchmal fehlten. Die Rugbyspiele gegen die anderen Schulen hatten begonnen, und bald würden auch die Prüfungen beginnen. Miss Cunningham forderte nun unmissverständlich eine Entscheidung. Katinka bat sie, die Prüfungen eventuell erst im nächsten Jahr ablegen zu dürfen, falls sie nicht rechtzeitig zurück sei.

Am ersten Sonntag im Mai fuhren Katinka und Zazie zum Galopprennen nach Hoppegarten. Zazie hatte seit Wochen davon geredet, dass sie mal rausmüssten. Und Katinka hatte Sehnsucht nach etwas Grün und einem freien Himmel.

Es war der allererste Frühlingstag. Zazie trug einen luftigen Hut, kornblumenblau. In ihrem leichten Sommerkleidchen und den Netzstrümpfen sah sie aus wie eine junge Dame, die gern auf Abwege geraten wollte und gegen ein Glas Champagner nichts einzuwenden hätte.

»Wir lassen uns nur zu zweit einladen«, sagte sie in der S-Bahn. Sie glühten mit einem Bier etwas vor. »Aber nichts Ernsthaftes. Ich will nur wetten und meinen Spaß haben.«

Sie musterte Katinka mit einem tadelnden Blick: »Kat, nimm *bitte* deine Perlenkette ab, das sieht so nach Tochter aus gutem Hause aus. Nach Geigenspiel am späten Vormittag, und dein Verlobter wird sicher mal Steueranwalt.«

Sie seufzte verzweifelt, als wäre Katinka ein unheilbarer Fall, und reichte ihr die Bierflasche. Katinka nahm einen Schluck, ließ die Perlenkette in ihrer Hosentasche verschwinden und fühlte sich sofort besser. Sie trug die Jeans, die sie immer anhatte, und ein Paisleyhemd. Sie dachte an die Ausflüge, die sie mit ihren Freundinnen in Schottland gemacht hatte, nahm noch einen Schluck aus der Bierflasche gegen das aufsteigende Heimweh und rülpste vernehmlich.

»Schon besser«, sagte Zazie. »Geht doch!«

Hoppegarten lag im Frühlingslicht, es war der erste Renntag der Saison. Der Tag der englischen Galopper. Die Tribüne war in den englischen Farben geschmückt, und der britische Botschafter weilte als Ehrengast auf den Rängen. Alle Frauen hatten die tollsten Hüte auf, um hier am Rand von Berlin einen Hauch von Ascot zu erzeugen. Es hätte Finley sicher sehr gefallen, aber er hatte einen Workshop bei einem Zen-Meister.

Junge Familien picknickten im Gras direkt vor dem Zieleinlauf.

Katinka und Zazie kamen an, als das erste Rennen bereits lief. Sie hörten die angestrengte, gehetzte Stimme des Rennreporters im Lautsprecher, der den Stand des Rennens auf der Gegengerade schilderte: »*My Fair Lady* noch auf Platz zwei, dahinter *Moonlight Shadow* und *Nikita*. Vorn mit zwei Längen weiterhin *Lady Macbeth*, und so geht es in die Kurve!«

Zazie holte sich eine Rennzeitung und schritt hoch erhobenen Hauptes durch das Gedränge an den Wettschaltern. Hier versammelten sich die Profiwetter. Fast nur Männer, viele mit groß karierten Jacketts aus vergangenen Jahrzehnten, manche mit öliger Briskhaarwelle oder Entenschwanzfrisur. Darunter auch ein paar jüngere Exemplare, die Stonewashed-Jeanshemden und Pilotenbrillen trugen. Als die Galopper aus der Kurve preschten und auf die Zielgerade einbogen, stürzten die Profiwetter nach draußen.

Das Publikum war plötzlich wach und unglaublich laut. Man spürte den Boden beben unter den Hufen der Pferde, die näher und näher kamen, jetzt hörte man auch das Schnauben und Keuchen. Die Wettprofis brüllten ihnen entgegen: »Schneller, Mensch, ich hab dich auf Platz, mach hinne!«

Die Jockeys knieten auf ihren Sätteln und führten ihre Pferde im gestreckten Galopp dicht gedrängt die letzten zweihundert Meter herunter zum Ziel. Fast alle lagen noch nebeneinander, nur *Lady Macbeth* hatte noch eine halbe Länge vor den anderen. »Das ist zu früh«, murmelte ein Rentner neben Katinka. »Die wird aufgefressen vom Pulk.«

Obwohl sie noch keinen Cent gesetzt hatte, schlug ihr das Herz bis zum Hals. Das Donnern der Hufe und das immer lautere Schreien des Publikums rissen sie mit, dann waren die Pferde im Ziel, und es war vorbei.

Zwei spitze Jubelschreie und einige übellaunige Flüche im Kreis der Kenner. Ein paar zerrissene Wettscheine segelten zu Boden. Die Leiber der Pferde dampften vom Schweiß, als sie austrabten und dann zurück zu den Ställen geführt wurden. Nur der Sieger, *Speedy Gonzales*, posierte noch für ein Erinnerungsfoto. Davor der stolze Besitzer.

Katinka schaute sich nach Zazie um. Sie saß mit überschlagenen Beinen, das Kleidchen über den halben Schenkel gerutscht, bei drei älteren Herren, die ihr behilflich waren beim Ausfüllen der Wettscheine.

»*My sweet Lord* hat seine letzten drei Rennen unter den ersten fünf abgeschlossen, eines davon gewonnen!«

»*Nightshift* ist immer für Überraschungen gut!«

»Auf keinen Fall *Tangerine Dream*, die hat uns immer enttäuscht, legt zwar vielversprechend los, aber enttäuscht auf den letzten Metern.«

Einer der Herren brachte ihr tatsächlich ein Glas Champagner, an dem Zazie mit einem abgespreizten kleinen Finger nippte. Sie ließ sich Feuer für eine Zigarette geben und pustete den Rauch mit gespitzten Lippen in die Luft. Dann sah sie Katinka und wedelte mit der Rennzeitung wie eine Diva: »Kat, du musst diese reizenden Herren kennenlernen! Es ist unglaublich, was sie über Pferde und den Rennsport wissen. Sie sind Experten!«

Die Männer lächelten geschmeichelt und rückten ihre Hosenträger zurecht. Katinka stellte sich zu ihnen, und prompt gesellten sich zwei weitere Kavaliere dazu. Einige räusperten sich großspurig und ließen beiläufig fette Bündel mit Hunderterscheinen sehen. Einer hatte eine goldene Spange um seine Tausender. Andere trugen Krokodillederschuhe, aus denen ihre Socken hervorschauten.

»Ein Gläschen, die Dame?«

»Sehr gern, der Herr.«

Beinahe hätte Katinka einen Knicks gemacht. Alte Schule. Die Herren waren rührend bemüht, Zazie und Katinka in aller Kürze in die Geheimnisse des Rennsports einzuweihen und dabei so oft wie möglich nah an ihre Schultern zu kommen. Sie beugten sich formvollendet vor oder legten hauchzart die Hand auf ihren Unterarm: »Dürfte ich Ihnen das kurz einmal zeigen?«

Ein Hauch von Rasierwasser wehte vorbei.

Zazie kicherte schon albern und nahm das zweite Glas Champagner entgegen.

Sie entschieden sich für die nächsten Rennen dann doch für die Pferde mit den schönsten Namen: *Happiness* und *Gypsy Queen* liefen für Katinka, Zazie nahm *Dirty Lover*, was natürlich den Protest einiger Herren hervorrief, aber sie ließ sich nicht davon abbringen.

Sie wurden ganz hippelig, als sie ihr Geld gesetzt hatten, und rannten hinüber zur Rennbahn. Ihre Kavaliere verfolgten das Rennen aus sicherer Entfernung, die meisten hatten Ferngläser dabei.

Die Sonne draußen war richtig warm, eine frühe Aprilsonne, die Lust machte auf einen tollen Frühling und einen heißen Sommer, und zum ersten Mal in diesen Monaten hatte Katinka das Gefühl, dass das Leben toll sein konnte. Das Hotel war endlos weit weg.

Sie schmiss sich weg, als sie sah, wie Zazie die Männer mit ihren mädchenhaften Kulleraugen anschaute, so doof und unbedarft, dass die Beschützerinstinkte unfehlbar aktiviert wurden.

»Ich mag die einfachen Dinge«, sagte sie, »zum Beispiel Männer.«

Mittlerweile hatte sich ein Pulk von Verehrern hinter ihnen etabliert, der zwar eifrig über die anstehenden Rennen tuschelte, aber vor allem bestrebt war, Zazies und Katinkas Aufmerksamkeit zu erregen. Sie versuchten, ihnen alle Wünsche von den Augen abzulesen.

Das vierte Rennen wurde gestartet, und diesmal lag *Born to run*, Katinkas Tipp, wieder um Längen zurück, aber in der Kurve holte er auf, und sie begann zu hüpfen und zu schreien, und als der Pulk der Pferde mit donnernden Hufen aus der Kurve herauskam und auf die Zielgerade einbog, sprang sie ungefähr fünf

Meter in die Luft, denn *Born to run* arbeitete sich tapfer immer weiter nach vorn. Von seinen Hufen spritzte die Erde nach hinten ins Feld seiner Verfolger. Und er schaffte es, er schaffte es tatsächlich, in einem unglaublichen Finish zog er auf den letzten Metern an allen vorbei und gewann.

Katinka umarmte den nächstbesten Typen und knutschte Zazie ab und rannte zum Wettschalter.

»*Born to run* auf Sieg!« Sie legte ihren Wettschein vor.

»Gratuliere«, sagte der Mann hinterm Schalter und zahlte ihr siebenundachtzig Euro und fünfundzwanzig Cent aus, ohne mit der Wimper zu zucken.

Als Katinkas Blick triumphierend über die VIP-Logen schweifte, entdeckte sie – ihre Mutter.

Sie unterhielt sich angeregt mit Herrn Schwenckendorff und lachte ihr kokettes Zahnarztgattinnenlachen, als er einen Scherz riskierte.

Katinka stand hinter einem Pfeiler und konnte ihre Augen nicht abwenden von diesem Pärchen.

Herr Schwenckendorff trug wie stets einen doppelreihigen Anzug mit Goldknöpfen, und aus der Brusttasche mit gesticktem Wappen lugte ein Einstecktüchlein. Er beugte sich zu Katinkas Mutter, um ihr einen Handkuss zu geben, und sie benahm sich wie ein albernes kleines Mädchen.

In diesem Moment hätte Katinka sie umbringen können. Ihre Mutter war kein Teenager mehr, sondern eine verbrauchte alte Frau mit runzliger Haut, tiefen Falten am Hals und Altersflecken auf den Handrücken. Peinlich genug, dass sie sich in ein Jeansjäckchen mit Pelzkragen zwängte, um irgendwie trendy zu wirken. Hatte ihre Haare nachblondiert. Hatte sich sogar einen

Pferdeschwanz gebunden, um jünger zu wirken, mädchenhafter. Sie sah trotzdem aus wie Ursula von der Leyen.

Katinka spürte sofort, worauf er aus war: ihr Hotel. Er brachte ihre Mutter auf seine Seite. Das machte er überaus professionell. Doch zu seinem Pech war nicht ihre Mutter die Eigentümerin, sondern sie, Katinka.

»Kat, da bist du ja«, rief Zazie. Sie kam über den Vorplatz der Ställe auf Katinka zugelaufen und breitete die Arme aus. »Alles gut bei dir?«

Katinka nickte. Jetzt wollte sie nichts davon erzählen. Wollte nicht den schönen Sonntag verderben mit diesen Hotelgeschichten.

Zazie seufzte dramatisch. »Lass uns bitte, bitte bald gehen. Ich kann diese Männer nicht länger hinhalten! Sie werden bald über mich herfallen, wenn wir nicht von hier verschwinden.«

Tatsächlich näherten sich schon drei oder vier der älteren Kavaliere. Auf Katinka wirkten sie eher wie Motten, die magisch vom Licht angezogen wurden. Und Zazie war nun einmal ein sehr starkes Licht.

Sie winkten ihnen huldvoll wie japanische Manga-Prinzessinnen zu und verschwanden in Richtung S-Bahn.

# *Kapitel 27*

In der Nacht darauf schreckte Katinka hoch. Sie hätte nicht sagen können, weshalb. Sie sah auf die Uhr: zwanzig nach drei. Also hatte sie nicht mehr als drei Stunden geschlafen. Aber nun war sie wach, wie jemand nur wach sein kann, der eine Gefahr wittert. Irgendetwas stimmte nicht, ganz und gar nicht.

Ein Blick auf ihr Telefon – keine Anrufe.

Katinka stand auf und zog ihren Morgenmantel an. Ihr Herz pochte immer noch heftig, im Alarm-Modus. Auch wenn ihr kalter Schweiß auf der Stirn stand und etwas in ihrem Bauch sich heftig dagegen wehrte, schloss sie die Zimmertür auf und blickte auf den Flur.

Die kleinen Leuchten an der Wand gaben ein mildes, gelbliches Licht. Alles schien in Ordnung zu sein. Die Gäste schliefen. Nur hinter der Tür neben ihrem Zimmer telefonierte eine männliche Stimme, es klang japanisch oder koreanisch, jedenfalls lag viel Heimweh darin und noch mehr Einsamkeit.

Katinka ging den Gang entlang, hörte hier und dort ein Schnarchen und schlich weiter. Unter ihren Füßen knarrte der Fußboden.

Sie warf einen Blick in das Bibliothekszimmer, wo gelegentlich ein Gast über seinem Buch einschlief. Herr Sumbeck machte normalerweise nach zwei Uhr nachts einen Kontrollgang und weckte diese Gäste auf und führte sie diskret auf ihre Zimmer.

Doch jetzt war der Raum menschenleer, und es herrschte eine nahezu vollkommene Stille. Nur ein Fenster stand offen, und der

Nachtwind blies kalt hinein, sodass sich die Vorhänge bauschten. Katinka schloss das Fenster mit festem Handgriff.

Sie war noch nicht ganz beruhigt, doch das komische Gefühl in ihrem Bauch hatte sich aufgelöst. Ehe sie jetzt in ihr Zimmer zurückging und sich wieder hinlegte, wollte sie noch rasch einen Blick in die Lobby werfen.

Im Treppenhaus war es kühl, sie ging die Stufen herunter und lauschte. Den Fahrstuhl nahm sie nicht, weil sie niemanden aufwecken oder erschrecken wollte. Auch unten in der Lobby war alles, wie es sein sollte, und der Frühstückssaal wartete aufgeräumt auf die ersten Gäste am Morgen.

An der Rezeption lief halblaut das Radio. Es gehörte zu Herrn Sumbecks kleinen Freuden, dass er nachts *Radio Paradiso* hörte, einen Sender mit Hits aus den Sechziger- und Siebzigerjahren. Von ihm selbst war nichts zu sehen, doch aus dem Büro kam ein leises Schnarchen.

Als Katinka um die Ecke schaute, sah sie ihn im Sessel sitzen, sein Kopf war ihm auf die Brust gesunken. Er wirkte unendlich müde. Ein alter Mann, der in seinem Leben zu viele Nachtdienste gemacht hatte. Plötzlich tat er ihr so leid, dass sie ihn weiterschlafen ließ. Hier war doch alles in Ordnung.

Sie wollte die Hoteltür abschließen, denn das vergaß Herr Sumbeck oft. Wenn jetzt noch jemand käme, müsste er klingeln. Manche Gäste beschwerten sich darüber. Als sie einen letzten Blick nach draußen auf den Gehweg warf, sah sie ein Kleidungsstück auf den unteren Stufen liegen.

Nein, es war ein Fell.

Sie beugte sich über das dunkle Knäuel und schrak im selben Moment zurück. Vor ihr lag eine tote Katze.

Beinahe hätte sie aufgeschrien. Der Anblick war widerlich und beängstigend zugleich.

Sie konnte den Leichnam nicht dort liegen lassen bis zum Morgen, wenn die ersten Gäste kamen. Ausgeschlossen. Deshalb holte sie eine Kehrschaufel und schob die Katze darauf. Sie hielt die Schaufel so weit von sich entfernt wie möglich, als sie das tote Tier hereinbrachte. Am liebsten hätte sie sich die Nase zugehalten. Sie tappte durch die Lobby zum Gang, der zum Hinterhof führte, wo die Mülltonnen standen. Die feinen Härchen auf ihren Unterarmen hatten sich aufgestellt. Sie atmete flach und überlegte hektisch. Was machte man mit einer toten Katze? Katinka wollte nur, dass sie verschwand.

Doch als sie die Tür zum Hinterhof aufschloss, stieß ihr Fuß auf einen weiteren Fellhaufen, und diesmal schrie Katinka vor Entsetzen auf.

Das Fell rollte zur Seite und zeigte das leblose Gesicht einer Katze.

Die Schaufel mit der ersten Katze fiel ihr aus der Hand. Das metallische Scheppern hallte durch den Hof. Katinka stand starr und lauschte, wie das Echo ihres Schreies verhallte.

Sie schaute auf die hintere Fensterfront des Hotels. Alle Fenster blieben dunkel.

Sie nahm die beiden toten Katzen mit der Schaufel hoch, musste noch mit einem Besen nachhelfen, um die schlaffen Körper zu halten, und trug sie zu den Mülltonnen. Kein schönes Grab, das wusste sie, und es tat ihr auch wirklich leid. Sie wollte die Tierkörper nur loswerden. Nachdem sie den Deckel geschlossen hatte, atmete sie erst mal tief durch.

Die nasskalte Nacht war unter ihren Morgenmantel geschlüpft, vielleicht war es auch der Schreck, jedenfalls war ihr richtig kalt. Sie schloss die Tür ab und ging zum Fahrstuhl, um schnell in ihr Zimmer zu kommen.

Als sich die Tür des Aufzugs knarrend öffnete, sah sie auf dem Fußboden – eine blutige Pfütze. Und daneben die dritte tote Katze.

# Kapitel 28

Eine Stunde später lag Katinka endlich ihrem Bett. Ihre Hände waren wund von der Wurzelbürste, mit der sie ihre Finger und Handballen bearbeitet hatte, um das Blut abzuwaschen.

Eine halbe Stunde hatte sie vor der Fahrstuhltür gekniet und Katzenblut vom Aufzugboden aufgewischt. Und dabei hatte sie panisch überlegt, ob irgendwo in ihrem Hotel noch weitere Leichname von Katzen lagen. Im Keller? Auf dem Dachboden? Vor den Türen der Hotelgäste?

Ihre Gedanken arbeiteten unaufhörlich, denn sie verstand es einfach nicht. Wer machte so was? Was sollte das? Wie war derjenige unbemerkt ins Hotel gekommen? Hielt er sich noch irgendwo verborgen?

Vor allem aber hatte sie sich beeilt. Sie wollte nicht von einem schlaftrunkenen Hotelgast erwischt werden. Oder herausgeklingelt werden von einem Pärchen, das jetzt erst zurückkam, sturzbetrunken und aufgedreht.

Alles war ruhig geblieben, nur ihre hektischen Putzbewegungen hatten die Lobby erfüllt und ihr hastiges Atmen.

Hinten im Büro der Rezeption hatte Herr Sumbeck geschlafen, und diesmal war sie froh gewesen, dass er einfach nur schlief, statt seinen Dienst zu tun. Er hätte vermutlich das halbe Haus aufgeweckt, wenn er die Katzen entdeckt hätte. Oder er hätte die Polizei geholt, und das durfte unter gar keinen Umständen geschehen.

Die Polizisten würden vielleicht Ärger machen wegen unsachgemäßer Entsorgung der toten Tiere. Zudem würden sie Ermittlungen aufnehmen und vielleicht sogar unbeteiligte Gäste befragen. Außerdem würden sie die Geschichte an die Presse weitererzählen, und am nächsten Morgen stünden dann Reporter der verschiedenen Berliner Zeitungen vor ihrer Tür. Und damit wäre der Ruf ihres Hauses endgültig hin. Katinka sah die Schlagzeilen schon vor sich: *Das Hotel der toten Katzen. Friedhof der Miezekatzen.*

Mit dem Putzen des Aufzugs war sie um vier Uhr fertig gewesen, und danach hatte sie noch das ganze Hotel durchsucht, jede Etage. Sie hatte nichts weiter gefunden.

Seitdem lag sie in ihrem Bett und konnte nicht schlafen. Ihr Herz raste wie verrückt. Und vielleicht war sie wirklich verrückt. Ein Mädchen, das nachts im Hotel herumging und tote Katzen aufsammelte. Draußen wurde es wieder hell, ein neuer Tag kündigte sich an. Ihre Augen brannten vor Müdigkeit. Doch in ihrem Kopf wirbelten noch die Bilder der Katzen. Ein Windhauch kam durch den Fensterspalt und blähte die Vorhänge.

Katinka zog sich die Bettdecke über den Kopf und drehte sich auf die Seite. Sie schloss die Augen. Doch dann sah sie die blutige Pfütze im Fahrstuhl, erinnerte sich an ihr hektisches Schrubben, an ihre panischen Überlegungen, wer das gewesen sein mochte und was das zu bedeuten hatte, und schließlich warf sie die Decke wieder zur Seite.

Schwenckendorff? Sie konnte sich nicht vorstellen, dass der Investor solche Mittel anwendete. Ausgeschlossen. Wenn der seltsame Eduard Skripnik noch im Haus gewesen wäre, dann wäre ihr Verdacht auf ihn gefallen. Ihm traute sie es zu, dass er auf seinen Wanderungen an der Grenze des Wahnsinns auch die eine oder andere Katze erwürgte. Aber Skripnik hatte hier etwas gesucht und gefunden, und dann war er verschwunden. Schwenckendorff würde nicht verschwinden, ehe er bekam, was er wollte, und vermutlich sollten die Katzen genau das mitteilen: *Mir sind alle Mittel recht.*

Wem konnte sie davon erzählen, ohne dass sie für verrückt erklärt wurde? Ihrer Mutter sicher nicht. Vielleicht Zazie, aber möglicherweise lachte sie sie auch einfach aus. Wahrscheinlich wäre es am besten, doch zur Polizei zu gehen: *Herr Wachtmeister, in unserem Hotel geht ein Irrer herum und legt tote Katzen in den Fahrstuhl und vor die Türen. Nein, Herr Wachtmeister, es geht mir gut, wirklich.*

Sie hörte einen Wecker klingeln, hinten im Gang, etwa vier Zimmer weiter. Vermutlich musste ein Geschäftsmann früh aufstehen, um rechtzeitig zum Flughafen zu kommen.

Eine Tür klappte.

Jemand schlurfte durch den Gang zu den Duschräumen und gähnte herzhaft.

Unten im Hof lärmten die Müllmänner. Sie rollten die Tonnen hinaus auf die Straße, und Katinka hoffte inständig, dass sie die Deckel nicht aufklappten und in die Tonnen hineinsahen.

Das Hotel erwachte allmählich zum Leben. So müde sie auch war, sie wollte unbedingt noch duschen, bevor die anderen Gäste die Duschen belegten. Obwohl sie sich endlos die Hände abgeschrubbt hatte, fühlte sie sich immer noch schmutzig.

Sie schlüpfte in die Pantoffeln, nahm ihr Handtuch und öffnete die Tür. Ihr Blick fiel auf die Schwelle – keine Katze. Sie rannte mit angehaltenem Atem über den Gang und schlüpfte in die Duschräume. Es war noch niemand dort.

Alles war friedlich, als Katinka zum Frühstück herunterging. Sie war eher darauf vorbereitet, dass die Küchenfrauen ihr eine weitere Katze zeigten, dass Hotelgäste schreckensbleich in der Lobby zusammenbrachen oder bereits zwei Polizeibeamte vor der Tür standen. Doch nichts von alledem. Es roch nach frischen Brötchen und Kaffee.

Sie erzählte niemandem davon, nicht einmal Finley. Er wunderte sich, wie schreckhaft sie sich in den Tagen danach verhielt. Katinka wartete auf den nächsten Anschlag, und sie musste nicht lange warten.

# *Kapitel 29*

Es war fünf Tage nach dem Fund der toten Katzen. Katinka kam an diesem Morgen etwas zu spät in den Frühstückssaal. Doch sie hätte ohnehin nichts mehr ausrichten können. Als die erste Touristin unten aufschrie, war sie noch im Treppenhaus, und dann nahm sie jede dritte Stufe. Sie dachte an einen Unfall. Aber es war kein Schmerz, der sich mit diesem gellenden Schrei Luft verschaffte, sondern der pure Ekel.

Unten in der Lobby kreischte schon die nächste Frau auf, Katinka sah, wie sie auf die Couch sprang. Aus dem Frühstückssaal kam ein Pulk von Gästen.

»Was ist denn bitte schön los?«, fragte sie, doch keiner von ihnen blieb stehen und gab ihr eine Erklärung.

»Das ist absolut widerlich«, sagte ein älterer Herr.

»Unglaublich.«

»Nicht zu fassen. Wir reisen sofort ab«, sagte ein Pärchen, das gestern noch vom besonderen Charme des *Marabu* geschwärmt hatte.

Katinka drängte sich durch die flüchtenden Leute hindurch. Vor dem Buffet standen die Küchenfrauen wie eine Wand.

»Wenn ich das nicht selbst sehen würde, ich würde es nicht glauben«, sagte eine mit feierlicher Stimme. Ein unangenehmer Triumph schwang darin mit, als hätte sie es eigentlich schon immer gewusst.

»Bloß nicht drauftreten, dann wird es noch schlimmer«, sagte ihre Kollegin.

»Ich fasse die jedenfalls nicht an«, meinte die nächste.

Endlich sah Katinka es selbst. Unter dem Tisch, auf dem das Frühstücksbuffet angerichtet war, bewegten sich zwanzig oder dreißig dunkelbraune Tiere mit flachen Panzern. Sie krabbelten flink und zielstrebig an der Fußbodenleiste entlang und dann ins Freie. Mit den langen Fühlern tasteten sie nach Krümeln.

»Wahnsinn«, sagte eine Küchenfrau neben Katinka. »Guck mal, da kommen immer mehr.«

Es waren Hunderte, vielleicht Tausende. Sie quollen aus den Ritzen der Wände, schienen aus den Fugen aufzutauchen, als hätten sie dort jahrelang im Tiefschlaf gelegen, um heute endlich aufzuwachen. Es war eine Invasion.

Die Küchenfrauen wichen zurück. Selbst für sie, die doch mit allen Wassern gewaschen zu sein schienen, war dieses Heer der Kakerlaken ein ekelerregender Anblick. Eine von ihnen sah auf ihre Arbeitsschuhe herunter und entdeckte zwei Küchenschaben, die schon die Schnürsenkel erreicht hatten. Sie schrie nun selbst gellend auf und schüttelte ihren Fuß, um die Kakerlaken abzuschütteln.

Innerhalb einer Minute war der Frühstückssaal leer. Nur Katinka stand noch darin und schaute auf das wimmelnde Parkett. Mittlerweile schienen die Küchenschaben überall zu sein.

An der Rezeption suchte Zazie die Nummer eines Kammerjägers im Computer. Sie wählte hektisch die Nummer, ihre Wangen waren scharlachrot vor Aufregung.

»Was soll das heißen, in einer Woche? Habe ich mich nicht deutlich ausgedrückt? Hier ist das Hotel *Marabu*, und wir haben einen Kakerlakenbefall. Sie müssen heute noch kommen, nein, nicht heute, sondern sofort. Wir verlieren sonst alle Gäste!«

Tatsächlich standen schon einige der Gäste mit gepackten Sachen an der Rezeption und gaben ihre Schlüssel zurück.

Katinka wagte es nicht, ihnen die Rechnungen auszudrucken. Sie wusste, dass sie nicht zahlen würden.

»Es tut uns furchtbar leid«, sagte sie. »So etwas hat es bei uns noch nie gegeben! In all den sechzig Jahren nicht!«

Aber die Gäste hielten ihr nur die Schlüssel hin oder legten sie angewidert aufs Pult und verschwanden ohne ein weiteres Wort.

Zazie telefonierte mit einem anderen Kammerjäger. »Wie die Tiere aussehen? Keine Ahnung, wie Kakerlaken eben. Vielleicht bewegen Sie Ihren faulen Arsch mal selbst in unser Hotel, dann können Sie die Viecher in aller Ruhe anschauen!« Sie knallte den Hörer hin.

Katinka postierte sich an der Tür zum Frühstücksraum, damit niemand von den nichts ahnenden Gästen auf die Idee kam, hineinzugehen. Und damit die Kakerlaken nicht herauskamen. Unvorstellbar, was geschehen würde, wenn sie sich in der Lobby ausbreiteten. In der Rezeption. Vielleicht sogar hinauf bis in die Zimmer kämen. In die Betten der schlafenden Gäste. Sie schüttelte ihren Kopf, um den Horrorfilm zu vertreiben.

Erst am Nachmittag tauchte ein Kammerjäger auf, ein Dr. Wilfried von der Firma Killemall. Er war ein junger Mann. Mit seiner schweren Hornbrille wirkte er auf den ersten Blick wie ein Insekten-Nerd, der zur Rettung der kleinen Krabbler anrückte. Doch auch er war entsetzt über das Ausmaß des Befalls.

»Sagt mal, seit wann habt ihr die Tiere? Die müssen sich ja seit Wochen hier vermehrt haben. Euer Hotel gehört geschlossen, aber unverzüglich.«

Katinka versuchte vergeblich, ihm beizubringen, dass die Schaben erst heute Morgen aufgetaucht wären.

»Never ever«, sagte er. »So etwas entwickelt sich doch. Oder ihr habt jemanden, der sie euch säckeweise eingeschleppt hat.«

»Ich wüsste nicht, wer so etwas tun sollte«, sagte Katinka.

Die Küchenschaben schienen vor Dr. Wilfried zurückzuweichen. Er beugte sich herunter und klaubte eine flüchtende Schabe vom Boden auf. Ihre Beinchen strampelten in heller Aufregung, als er sie kompetent zwischen Daumen und Zeigefinger hielt und von Nahem betrachtete. Seine Brillengläser waren dick wie eine Lupe. Er schnalzte anerkennend mit der Zunge.

»Wunderschöne Exemplare. Das sind Amerikanische Großschaben. Cockroaches. La Cucaracha. Die sind sogar flugfähig!« Er machte eine Handbewegung, als wollte er die zappelnde Schabe in den Saal davonfliegen lassen. Doch Katinka hatte genug von seiner Begeisterung. Sie konnte sich nur mit Mühe davon abhalten, die im Raum umherirrenden Kakerlaken systematisch totzutreten.

»Wir wollen diese Viecher hier nicht. Machen Sie sie weg.«

Dr. Wilfried nickte ein wenig abwesend. Er bewunderte immer noch das Exemplar zwischen seinen Fingern. »Diese Tiere sind eigentlich Wunder der Schöpfung. Sie sind unglaublich schnell. Wussten Sie das? Auf unsere Körpermaße umgerechnet, erreichen sie dreihundert Stundenkilometer. Hitze und Kälte machen ihnen nichts aus. Sie können sogar einen Atomschlag überleben. Wenn sich die Menschheit einmal in einem Atomkrieg ausgelöscht hat, werden die Kakerlaken die einzigen Lebewesen sein, die dann noch die Erde bevölkern.«

Er hielt ergriffen inne.

»Wir haben hier keinen Atomkrieg«, sagte Katinka, um ihn wieder an den Grund seines Besuchs zu erinnern. »Wir möchten nur, dass unsere Gäste in Ruhe frühstücken können. Können Sie das einrichten, dass die Kakerlaken so schnell wie möglich verschwinden?«

Der Kammerjäger machte sich murrend an die Arbeit.

Katinka und Zazie hatten unterdessen an der Rezeption alle Hände voll zu tun, um die aufgebrachten Gäste zu beruhigen. Katinka schaute immer wieder auf die verschlossene Tür zum Frühstückssaal, als könnten von dort jederzeit die Heerscharen der Küchenschaben hereinstürmen.

# *Kapitel 30*

In dieser Woche kam auch der Moment, an dem Katinka aufgeben wollte. Er musste kommen, das wusste sie, und als es so weit war, staunte sie doch über die Wucht, mit der sie kapitulierte.

Sie stand am Abend mit Zazie vor dem Hotel. In den oberen Etagen waren alle Fenster dunkel. Natürlich, dort gab es außer ihr keine Bewohner oder Gäste mehr. In der zweiten Etage waren zwei Zimmer vergeben. Finley wohnte noch dort, aber er packte bereits die Sachen, weil er einen Auftrag in London erhalten hatte.

Und es gab die Suite in der Beletage, wo die Baronin gelegentlich residierte.

»Ich habe sie länger nicht mehr gesehen«, sagte Zazie, die ihre Abendzigarette rauchte.

»Komische alte Dame«, meinte Kantinka. Sie schaute immer noch die Fassade hinauf. Das Hotel kam ihr plötzlich so hässlich vor. Es hockte dort zwischen den übertrieben herausgeputzten Nachbarhäusern wie ein räudiger Hund, den man am liebsten fortjagen würde. Das Fell ist verklebt und voller Flöhe. Das linke Bein schleppt er nach. Er stinkt aus dem Maul. Einfach nur ein alter, klappriger Hund.

Sie dachte an die Kakerlaken. An die Boxer. An die Kratzspuren der Tapeten. Sie dachte an die toten Katzen. An dieses morsche, bröckelnde Haus.

Sie hatte den ganzen Tag gearbeitet. Frühmorgens hatte sie die Toiletten in der ersten Etage geputzt, weil die Zimmermädchen nicht mehr kamen. Sie hatte sich um das Frühstück gekümmert. Sie hatte Stunde um Stunde an der Rezeption gelehnt und auf Gäste gewartet, zumindest auf Anmeldungen, auf Buchungen im Internet.

Doch es war nichts passiert.

Sie lebte in einem toten Haus.

»Weißt du was, ich habe keine Lust mehr«, sagte sie plötzlich.

Zazie fiel beinahe die Zigarette aus der Hand. »Wovon redest du?«

»Wenn man merkt, dass der Gaul tot ist, sollte man absteigen«, sagte Katinka. »Ich kann einfach nicht mehr.«

Am selben Tag kamen die ersten Reporter vorbei.

»Stimmt das denn, dass das *Marabu* jetzt ein Stundenhotel wird?«, fragte die Reporterin eines Boulevardblatts.

»Wer erzählt denn solchen Quatsch?«, sagte Katinka. Sie versuchte stets geduldig, die Sache ins richtige Licht zu rücken. Nein, hier war kein Stundenhotel geplant. Kein Männerwohnheim für Obdachlose. Kein Flüchtlingsheim.

Sie legte die Fakten auf den Tisch. Sie gab zu, dass es Finanzierungslücken gab. »Aber wir werden das schaffen. Das *Marabu* wird nicht untergehen«, versprach sie.

Die Artikel, die in den nächsten Tagen erschienen, standen trotzdem meist unter der Überschrift *Der dramatische Untergang des Marabu*.

Ein Reporter des *Tagesspiegels* nahm seine Leser mit auf eine Reise ins Herz der Finsternis:

Knarrende Stufen führen hinauf in den dritten Stock. Die Flure sind schmal, die Teppichböden ausgetreten, die Tapeten marode.

Zimmer 304 hat »fließend Wasser«, also ein Waschbecken. Toiletten und Dusche befinden sich auf dem Flur. Dort biegt eben ein älterer Herr im Pyjama um die Ecke, Handtuch und Zahnbürste in der Hand. Man grüßt diskret.
Hotelzimmer sind unheimliche Orte. Wer hat hier schon gelegen, krank vor Liebeskummer? Wer hat sich hier heimlich betrunken? Wer liebte sich verstohlen? Zu zweit, zu dritt? Die Wände haben viel gesehen, doch sie schweigen.
Draußen klappen die Türen, die letzten Gäste kehren zurück. Ein unterdrücktes Frauenlachen, ein endloses Telefongespräch drei Zimmer weiter. Nebenan das Husten eines unbekannten Nachbarn. Die Wände sind dünn, die Nacht ist lang, und das Husten hört nicht auf.

Andere Reportagen waren weniger gespenstisch, dafür schlicht gelogen. Die mächtigste Boulevardzeitung Berlins brachte ein ausführliches Interview mit Schwenckendorff, in dem er die Sturheit und Renitenz der Familie Schwartz beklagte. Er selbst stellte sich als Förderer des Wohnungsbaus und des modernen Stadtbildes dar und versprach:

»Das Hotel *Marabu* wird in absehbarer Zeit aus der Schlüterstraße verschwinden. Die Berliner werden aufatmen, wenn dieser Schandfleck verschwunden ist. Die Nachbarschaft des Kurfürstendamms braucht moderne Konzepte, will sagen, Kanzleien für Anwälte, Büroräume für zahlungskräftige Mieter. Jegliche Nostalgie ist hier fehl am Platze.«

Als das zweiseitige Interview erschien, kamen mehrere Nachbarn im *Marabu* vorbei, um sich zu erkundigen, wann man denn endgültig schließe. Reservierungen von Gästen blieben naturgemäß aus.

# *Kapitel 31*

In der letzten Maiwoche hatte sich die Situation des *Marabu* so verschlechtert, dass Katinka über jede Reservierung froh war, auch über die kurzfristige Buchung zweier Schulklassen aus Bielefeld. Die Lehrer, Schülerinnen und Schüler, die am späten Donnerstagabend eincheckten, wirkten anfangs harmlos. Sie waren sichtlich erschöpft von der langen Fahrt; es hatte offenbar kurz nach Hannover einen mehrstündigen Stau gegeben. »Es war die Hölle, so was haben wir noch nie erlebt«, erzählten sie aufgeregt an der Rezeption.

Katinka gab ihnen die Zimmer in der zweiten Etage und empfahl eine Pizzeria in der Nähe. Die meisten Schüler gingen jedoch gleich zu Bett.

Als Katinka um elf Uhr den Dienst an Herrn Sumbeck übergab, herrschte im zweiten Stock fast völlige Ruhe. Die beiden Lehrer waren noch in der Stadt unterwegs, doch sie kannten sich in Berlin aus und wollten nicht allzu spät ins Hotel zurückkommen.

»Gute Nacht«, sagte Katinka nach ihrem letzten Rundgang zu Herrn Sumbeck. »Falls irgendwas ist, wissen Sie ja, wo Sie mich finden.«

Der Nachtportier winkte ihr freundlich zu. »Schlafen Sie gut. Es wird eine ruhige Nacht.«

Tatsächlich schlief Katinka in dieser Nacht wunderbar. Sie träumte, dass alles wieder in Ordnung wäre. Die Lobby war voller lachender Gäste. Die Kontoauszüge und Rechnungsbücher zeigten ein Guthaben von mehreren Zehntausend Euro. Finley und Katinka frühstückten auf einer Veranda über den Dächern des Kurfürstendamms, und der Wind wehte die Blüten der Apfelbäume am Lietzensee über ihren Frühstückstisch, als er sich zu ihr beugte, um sie zu küssen.

Am Lietzensee gibt es keine Apfelbäume, dachte sie beim Aufwachen. Doch sie fühlte sich endlich einmal ausgeschlafen und frisch für den Tag.

Herr Sumbeck war bereits gegangen. Zazie stand an der Rezeption und warf ihr eine müde Kusshand zu.

Im Frühstückssaal herrschte eine angenehme Ruhe. Nach und nach kamen die Schülerinnen und Schüler in den Raum. Die Mädchen hatten noch nasse Haare vom Duschen. In ihren Leggings sahen sie häuslich und mondän zugleich aus. Manche hatten einen blassrosa Lippenstift aufgelegt. Die Jungs trugen eher Adiletten und Jogginghosen.

Katinka beobachtete die Schüler und fühlte sich plötzlich alt. Die Schüler waren kaum jünger als sie, doch sie wirkten wie verlorene Schäfchen, wenn sie unschlüssig vor dem Frühstücksbuffet standen und sich zwischen Brötchen und Müsli nicht entscheiden konnten. Sie kamen sich unbeholfen in der Fremde vor und flüsterten auch untereinander, um die Ruhe des Frühstücksraumes nicht zu stören. Die Mädchen versuchten sich damenhaft zu geben, die Jungs hingegen stützten ihre Ellenbogen auf die Tischplatte und löffelten die Cornflakes mit genüsslichem Schlürfen.

Die Jugendlichen wachten allmählich auf, ihre Gespräche wurden lauter. Bald flog ein Schwarm von Sätzen im Frühstückssaal herum.

»Frau Heinrich, Kevin hat mich angespuckt!«

»Nimm deine Hand da weg.«

»Was für eine Hand?«

»Du bist so abartig dumm.«

»Und dann hat er gesagt, dass ich nie zuhöre, und ich so: Hä? Wer hört hier nicht zu? Das sagt der Richtige. Und er so: Awwwh, du siehst so süß aus, wenn du beleidigt bist, und spätestens da hätte ich ihn einfach nur an die Wand klatschen können.«

»Du analysierst dich noch zu Tode.«

»Kaffee, ich brauche Kaffee, Kaffee, Kaffee.«

»Ja, und später rennst du durch halb Berlin auf der Suche nach einem Klo.«

»Wisst ihr jetzt, wo Primark ist? Fahren wir da jetzt hin, oder müssen wir zum Brandenburger Tor, ich hab so was von keine Lust auf Geschichte, ich muss einkaufen.«

»Darf man hier morgens schon Bier trinken? Ich glaub, die Berliner machen das. Ich hab eben einen auf der Straße gesehen mit Bierflasche.«

»Wenn du dir mal überlegst, wie viele Tassen Kaffee du in deinem Leben schon umgerührt hast, egal jetzt, ob da Zucker drin war oder nicht, einfach nur so, während des Gesprächs. Und du bist erst siebzehn! Jetzt rechne das mal hoch auf die Anzahl der Tassen Kaffee, die du in deinem ganzen Leben umrühren wirst!«

»Wir brauchen noch Chips und Zeug für heute Abend, ich will nicht noch eine Nacht hungern.«

»Du und hungern, hör bloß auf, was sind denn das hier für heftige Rettungsringe?«

»Nimm deine Hand da weg!«

So ging es noch eine ganze Stunde lang weiter. Die Begleitpersonen kümmerten sich nicht um die Schüler, weil sie allzu verpennt waren. Katinka sah, dass die Küchenfrauen ungeduldig darauf warteten, dass sie endlich abräumen konnten. Das Buffet war so gut wie leer gegessen, aber die Schulklasse machte keine Anstalten, aufzustehen.

Als Katinka eine halbe Stunde später Zazie an der Rezeption ablöste, kam ein Pulk von Schülerinnen zu ihr. Sie wirkten provinziell scheu und endlos neugierig zugleich.

»Wir haben mal eine Frage, und zwar: Wo ist hier der nächste Supermarkt?«

Katinka beschrieb ihnen den Weg.

»Dann haben wir noch eine Frage, und zwar: Wie gefährlich ist es hier, also ich meine, wo sollte man abends nicht hingehen, weil man da abgestochen wird?«

Katinka erklärte ihnen, dass sie in Berlin gut aufgehoben waren und kein Anlass zur Sorge bestünde. Vielleicht sollten sie den Görlitzer Park meiden, aber sonst – alles easy. Die Schülerinnen merkten sich den Namen des Parks sofort, und Katinka war sich ziemlich sicher, dass sie am Abend noch hinfahren würden.

Eine Schülerin fragte: »Seit wann gibt es diesen Laden hier schon? Das ist doch alles uralt.«

Katinka nickte höflich und gab eine kleine Geschichte des Hotels zum Besten. Doch das interessierte die Bielefelder Jugendlichen nicht.

Die Schülerin setzte nach: »Was ich eigentlich wissen wollte: Wieso ist hier nichts los, also, warum sind wir hier allein? Ist doch fast schon spooky, oder? Altes Hotel am Kurfürstendamm, doch niemand wohnt hier drin.«

Ein pickliger Junge murmelte etwas von einem Horrorhotel, und Katinka nahm an, dass er gern Splatterfilme sah.

»Dieses Haus ist eigentlich eine fleischfressende Pflanze«, sagte sie. »Man füttert sie mit Jugendlichen aus dem Bundesgebiet. Lockt sie in ihren Kelch, indem man vorgibt, es sei ein Hotel. Dann schließen sich die Zähne über den knackigen jungen Körpern der Schülerinnen und Schüler, und der Verdauungsprozess beginnt.«

Die Gruppe der Schüler wich vor ihr zurück.

»Sehr witzig«, murmelte einer.

»Voll psycho, die Alte«, sagte ein anderer.

Katinka bedauerte, dass zu ihren Ausführungen nicht zusätzlich noch das Schnarchen von Herrn Sumbeck aus dem Büro ertönte. Es wäre überzeugender gewesen.

Endlich verließen die Jugendlichen das Hotel, um Berlin zu erobern, Zazie hatte einen Arzttermin, und Katinka blieb allein an der Rezeption zurück. Sie wartete insgeheim auf einen Anruf von Finley. Doch er meldete sich nicht. Er war nicht zum Frühstück gekommen. Er saß auch nicht im Bibliothekszimmer. Er könnte sich ruhig mal melden. Sie dachte an seine Augenbrauen, wenn er konzentriert zeichnete. Er hatte Augenbrauen wie Emma Watson.

Sie ging, weil sonst nichts zu tun war, für einen Moment vor die Tür. Es war ein schöner Tag, fast schon warm. Die Schlüterstraße lag friedlich in der Maisonne. Der Wind spielte mit dem Tuch des Baldachins. Katinka wäre gern für eine halbe Stunde auf den Kurfürstendamm gegangen. Doch es war niemand außer ihr im *Marabu*, und man wusste nie, ob die Baronin klingeln würde. Sie streckte ihr Gesicht der Sonne entgegen und schloss für einige Sekunden die Augen. In diesem Augenblick war sie völlig ohne Grund zuversichtlich, dass alles gut würde.

# *Kapitel 32*

Am Nachmittag kamen die ersten Schüler zurück. Sie holten sich die Zimmerschlüssel an der Rezeption und verschwanden im zweiten Stock. Drei von ihnen kamen nach einer Weile zu Katinka an die Rezeption.

»Sag mal bitte, wo ist denn hier der nächste Supermarkt?«

Katinka beschrieb ihnen arglos den Weg, ehe ihr klar wurde, was die Schüler für den Abend vorhatten. Doch da war es bereits zu spät.

Sie kamen mit mehreren Einkaufstaschen zurück, in denen zahllose Flaschen klirrten.

»Was wird das?«, fragte sie.

»Kleine Party«, sagten sie. »Kannst gern vorbeikommen.«

Meinetwegen, dachte Katinka.

Im Laufe des Abends hörte sie Füßetrappeln, Gelächter, Flaschenklirren, Musikfetzen, Türenknallen – die üblichen Partyvorbereitungen. Katinka dachte an die spontanen Partys, die sie mit Allie und Kimberley und all den anderen im Internat gefeiert hatte. Manchmal hatte es mit einer großen Schale Lakritze begonnen und war dann ordentlich eskaliert, sodass Miss Cunningham am nächsten Morgen ihre Schülerinnen an den seltsamsten Orten einsammeln musste. Plötzlich hatte Katinka eine heftige Sehnsucht nach diesen unbeschwerten Nächten, und als es Mitternacht wurde, ging sie nach oben in den zweiten Stock. Die Türen der Zimmer standen einladend offen.

Aus einem Lautsprecher dröhnte Der Tourist mit Friedrich

Liechtenstein: *Super Atmo, Super Laune, Super Party, supergeil*, und die Bielefelder Schüler sangen stolz mit. *Spinn ich? Unglaublich geil grad.* Nebenan lief ein Trinkspiel, acht Leute saßen im Schneidersitz in einem Kreis, jeder hob mit der linken Hand den Becher, nahm einen Schluck und gurgelte.

»Was machen die da?«, fragte Katinka.

»Whiskygurgeln«, sagte ein halbwegs nüchternes Mädchen in einem Ska-Kleid mit ungefähr achttausend schwarz-weißen Karos und brüllte dann in Richtung DJs: »Könnt ihr nicht mal normale Musik spielen?«

Die DJs wurden von einer Art Kompetenzteam in der Zimmerecke gestellt. Fünf Jungs, die sich an ihren Energydosen festhielten, Zigaretten im Mundwinkel hatten und darüber diskutierten, wer die Macht der richtigen Musik hatte. Das hatte den Vorteil, dass sie nicht tanzen oder sich mit Mädchen unterhalten mussten. Im Moment tanzten eh nur Mädchen, also war es sicherer, auch im Hinblick auf den Verlauf des ganzen Abends, der Nacht und des Morgens, besser in der DJ-Ecke zu bleiben und sich der wichtigen Verantwortung zu stellen, welche Musik gespielt werden sollte. Vor ihnen lag ein umsichtig verdrahtetes Knäuel aus iPads, Smartphones, Laptops und Reglern. Unübersichtliche Tentakel aus Kabeln krochen zu verschiedenen Lautsprechern.

Zurzeit lief *I Gotta Feeling* von den Black Eyed Peas.

»Ich muss mich gleich übergeben«, murmelte einer der selbst ernannten DJs.

»Dann stell dich zu Daniel rüber«, sagte sein Kollege.

»Ich meine die Musik, Alter, das ist Ohrenkrebs.«

»Aber die singen doch alle mit.«

Und das stimmte: Jede und jeder kannte das Lied und sang den Refrain selig mit: *Tonight's gonna be a good, good night.*

Sechs Mädchen hatten sich untergehakt und improvisierten dazu eine Stepdance-Einlage, die etwas aus den Fugen geriet, als eine von ihnen über ihren rechten Fuß stolperte, kreischend zu Boden ging und die anderen mit sich riss.

Jemand drückte Katinka eine Dose Sterni in die Hand und küsste sie auf den Mund. Der Jemand war Finley, sie erkannte seine Lippen. Er schmeckte nach Rauch und Fußball und Zahnpasta und Liebe.

»Was machst du hier?«, sagte Katinka.

»Hab dich gesucht«, sagte er.

»Hast mich gefunden«, sagte sie und küsste richtig.

Die Mädchen enterten grade die DJ-Ecke und forderten lautstark *Let It Go* aus *Frozen*.

Ein Energydosenhalter protestierte: »Ich bin doch nicht bescheuert! Nur über meine Leiche!«

Er wurde abgedrängt.

Sie schafften es tatsächlich, das Lied aus dem Internet zu fischen, und sangen auswendig mit. *A kingdom of isolation and it looks like I'm the queen ...*

»Weltfrieden für alle«, skandierten drei ironische Biertrinker und zeigten die Pommesgabel der Metal-Freaks. »Weltfrieden für alle!«

Katinka zog Finley mit sich, sie hätte sich gern in Ruhe mit ihm unterhalten in einem stillen Zimmer. Vielleicht nicht wirklich unterhalten, sondern eher untersucht. Ob seine Haut wirklich so glatt und warm war. Ob er Flusen im Bauchnabel hatte. Und sonst so.

Doch sie wurden auf dem Gang von ihrem Vorhaben abgelenkt, da eine aufgeregte Meute stark angetrunkener Schüler vor der Toilette stand und versuchte, die Tür zu öffnen.

»Kommst du klar?«, rief einer durchs Schlüsselloch.

Keine Antwort von innen.

»Alter, mach mal auf!«

»Ich kann nicht«, sagte eine erstickte Stimme. Dann ein Würgen und eine Folge unschöner Geräusche aus dem Rachenbereich.

»Alles okay hier?«, fragte Katinka, eher oberflächlich als ernsthaft interessiert. Sie dachte hauptsächlich darüber nach, wo sie Finley hinlegen konnte und sich dazu.

»Martin kotzt sich die Seele aus dem Leib«, antwortete eine Schülerin, die bereits den Tränen sehr nahe war, was ihre Wimperntusche und ihren Eyeliner stark gefährdete. »Seit einer halben Stunde! Und er macht nicht auf! Und ich liebe ihn!«

Seit wann heißen Jungs wieder Martin, dachte Katinka zusammenhanglos, woran sie immerhin bemerkte, dass sie auch schon gut angetrunken war.

»Weißt du was?«, redete das Mädchen weiter, während ihm eine schwarze Träne über die Wange lief. »Ich glaube, ich bin auf die Welt gekommen, um diesen Mann zu lieben. Und er hängt über dem Klo und kotzt!«

Katinka torkelte mit Finley in ein Zimmer neben den Duschräumen, aus denen Wasserrauschen und spitze Schreie kamen. Sie ließ sich auf ein Bett fallen. Ein großer Junge mit Hornbrille drehte sich schwerfällig um, seine Pupillen waren riesig und sein Lächeln unglaublich breit.

»Weltfrieden für alle«, sagte er. »Willkommen im Club.«

Finley hatte sich hinter sie gelegt und schmiegte sich an ihren Nacken. Doch der Weltfriedenjunge machte keine Anstalten, ihnen das Bett zu überlassen.

»Ich habe grad ein neues Level erreicht«, sagte er langsam. Er freute sich wie ein Schneekönig über seine Auskunft, was sein Grinsen noch breiter werden ließ. »Ich sehe die Dinge jetzt in einem anderen Licht. Es ist nichts so, wie es scheint. Alles ist anders, anders als anders, man muss nur dahintersteigen.«

Finleys Hände lagen warm auf ihren Schenkeln. Doch Katinka konnte sich nicht umdrehen und wollte auch nicht, dass er aufhörte. Sie kam sich nur plötzlich so fett in ihrer Hose vor. Hätte sie gern ausgezogen und versuchte, sich einen Plan zurechtzulegen, wie sie das unauffällig hinkriegen könnte, ohne Finley und den Weltfriedenjungen zu stören.

»Man muss nur dahintersteigen«, wiederholte der Kiffer mit breitem Grinsen und nahm noch einen tiefen Zug. »Dann eröffnen sich ganz andere Level, verstehst du. Perspektiven und Apperzeptionen. Hintergründe und Argumente.« Er nickte feierlich.

Katinka schloss kurz die Augen, was aber keine gute Idee war, denn sofort drehte sich das Zimmer wie ein Karussell auf dem Jahrmarkt, und nun empfand sie ein echtes Verständnis für die Würgelaute aus der Toilette. Und prompt hatte sie den eigenartigen und unverwechselbaren Geruch nach Kotze in der Nase, ein Geruch, der jetzt das ganze Zimmer, das sich munter weiterdrehte, zu füllen schien.

»Kein anderer Geruch bringt einen so zum Kotzen wie Kotze«, sagte das breite Grinsen neben ihr. »Das ist wissenschaftlich erwiesen. Es gibt Studien darüber. Hab ich im Internet gelesen.

Kennst du diesen säuerlichen, widerlichen, aufsteigenden Geruch nach …«

Katinka rappelte sich mühsam hoch. Sie musste weiter. Wenn sie nicht in einer Minute das Zimmer verlassen hatte, konnte sie für nichts garantieren. Hinter ihr lag ein Junge, den sie nicht kannte und der jetzt enttäuscht maulte: »He, wieso, war doch schön. Kannst du keine Nähe zulassen?«

Wo war Finley? Wichtiger noch: Wo war die nächste Toilette?

Sie torkelte durch den Flur.

Die Zimmer standen offen, und aus jedem Zimmer dröhnte eine andere Musik. Fröhlicher Ska mit munteren Bläsern, und im Vorbeigehen sah Katinka vier Mädchen auf dem Bett dazu tanzen.

Im Zimmer daneben dumpfte ein schwer depressiver Techno, doch es saßen drei überaus glückliche Kiffer auf dem Fußboden, die aus dem Lachen einfach nicht mehr herauskamen und ein Nutellaglas kreisen ließen.

»Weltfrieden für alle!«

Allmählich ließ ihr Brechreiz nach. Dafür wuchs die Sehnsucht nach Finley. Katinka ging zurück ins Bibliothekszimmer, wo die Party die anfänglichen Hemmungen abgelegt hatte. Die Sessel waren beiseitegerückt worden. Dreißig Schülerinnen und Schüler tanzten so ausgelassen, wie es ihnen möglich war. Wer die seltsamsten Verrenkungen erfand, wurde frenetisch bejubelt. Alle hatten eine Bierflasche oder einen Joint oder einen Becher mit Wodka-Cola in der Hand, und Katinka sah, dass sich der Fußboden davon nicht mehr erholen würde.

Dann zuckte sie die Schultern und mischte sich unter den Pulk der Tanzenden. Es war egal. Sie würde das Hotel sowieso verlieren. Sie hatte es verbockt. Anders als ihr Vater, aber im Endergebnis ebenso verbockt.

Jemand brüllte in ihr Ohr: »Kennst du das Video auf YouTube, wo …«

Alle unterhielten sich schreiend, doch niemand verstand, was der andere sagte. Die Musik war einfach zu laut.

Nach zwei Stunden war Katinka wieder halbwegs nüchtern und ging in ihr Zimmer, das sich hoffentlich nicht anfangen würde zu drehen, wenn sie sich ins Bett legte.

# *Kapitel 33*

Das war's dann. Katinka schloss das Hotel ab, als die Bielefelder Klassen abgereist waren. Sie hängte ein Schild an die Glastür:

**WEGEN TRAUERFALL GESCHLOSSEN**

Das war nicht gelogen. Sie trauerte.

Sie war gleich mittags, als sie aufgewacht war, hinübergegangen ins Bibliothekszimmer. Sie war furchtbar verkatert. Nie wieder Apfelschnaps, schwor sie sich. Nie wieder Bier oder Wodka-Cola. Sie hatte einen entsetzlichen Albtraum gehabt, eine furchtbare Entdeckung im Bibliothekszimmer. Sie musste nachsehen. Sie musste sehen, dass es nur ein verfluchter, fieser Traum gewesen war.

Im Bibliothekszimmer lagen Zazie und Finley auf dem Fußboden. Es war kein Traum gewesen. Es war die pure und nüchterne Wirklichkeit. Über ihnen lauerte der Panther im Unterholz und zeigte ein breites Lächeln. Katinka war nicht zum Lachen zumute. Finley trug das fliederfarbene Hemd, und es war ihm nach oben gerutscht. Zazie hatte ihre Sachen noch an. Dennoch strahlten ihre Körper eine besondere Hitze aus, und Katinka war überzeugt, dass da was gelaufen war.

Sie ging in die Waschräume. Dort füllte sie einen Eimer mit kaltem Wasser. Bis zum Rand.

Sie schleppte den Eimer durch den Flur zurück ins Bibliothekszimmer. Ihr Kopf protestierte gegen die unwillkommene

Anstrengung, ein rasender Kopfschmerz setzte ein. Doch der war ihr recht, sie wollte einen Schmerz fühlen, irgendeinen.

Sie hob den Eimer über den beiden hoch und goss ihn aus.

So schnell hatte sie noch nie zwei Leute hochspringen sehen. Zazie schoss Richtung Decke und kreischte sich die Seele aus dem Leib. Finley schlug mit dem Kopf gegen die Wand und erkannte Katinka.

»Sorry«, murmelte er. »War nicht das, wonach es aussieht. Aber sorry. Ich hatte dich gesucht.«

Katinka warf ihm den leeren Eimer an den Kopf und jagte beide den Flur hinunter.

»Ihr seid raus!«, schrie sie. »Ihr verschwindet aus diesem Haus! Sofort.«

»Du spinnst«, riefen die beiden. »Hier war nichts. Nichts! Wir sind bloß vor der Musik geflüchtet. Echt!«

Katinka jagte sie die Treppe hinunter bis zur Tür in den Hinterhof. Am liebsten hätte sie ihnen noch einen Arschtritt gegeben. Beiden.

Sie lehnte sich von innen gegen die Tür. Jetzt war sie allein, ganz allein.

Sie hatte ihren Vater verloren.

Sie war von ihrem Freund betrogen worden. Und von der einzigen Frau ihres Alters, die sie in Berlin kannte, ebenfalls betrogen.

Von der Mutter sitzen gelassen.

Das Hotel, das sie erben sollte, war hoffnungslos überschuldet.

Den Abschluss im Internat konnte sie auch vergessen.

Keine gute Bilanz der letzten zwei Monate.

Katinka stand gegen die Tür gelehnt und ließ sich langsam hinuntergleiten, bis sie auf dem Fußboden angelangt war. Sie zog die Knie an und legte ihren Kopf darauf. Die Kopfschmerzen ließen allmählich nach, und es trat eine große Leere ein.

Sie wünschte sich, sie könnte die nächsten fünfzig Jahre so sitzen bleiben.

# *Kapitel 34*

Baronin von Rochlitz fand sie so am späten Nachmittag. Katinka hatte völlig vergessen, dass sie noch in der Suite wohnte. Es war ihr egal. Über den Lärm in der Nacht hatte sie sich nicht beschwert. Vielleicht war sie nicht im Haus gewesen.

»Wie ist es?«, fragte die Baronin und blieb vor Katinka stehen.

Geh weiter, dachte Katinka. Sieh nicht so auf mich herunter. Aber das sagte sie nicht. Sie zuckte einfach nur mit den Schultern und legte ihren Kopf wieder auf die Knie. Irgendwann würde die alte Dame weitergehen.

Doch Frau von Rochlitz ging nicht. Sie öffnete ihren Mantel und setzte sich auf eine Treppenstufe. »Erzähl mir«, sagte sie. »Wir sind hier offenbar ganz allein. Wir sollten reden.«

Katinka schüttelte nicht einmal den Kopf. Die Baronin würde bald wieder verschwinden.

Doch Frau von Rochlitz saß eine lange Zeit mit ihr im Treppenhaus. Draußen ging ein Maisonntag zu Ende. Katinka hörte Vögel zwitschern. Autohupen. Es war eine ferne Welt da draußen.

Die Baronin war im Halbdunkel kaum noch zu sehen. Es waren mittlerweile mehr als zwei Stunden vergangen, und sie war ebenso stur wie Katinka.

Die Baronin begann zu erzählen: »Dieses Haus ist mein Schicksal. Hier bin ich groß geworden. An dieses Haus habe ich mich gebunden, und jetzt wünsche ich nichts mehr, als dass ich den Knoten lösen darf. Ich weiß nicht mehr, wann ich damit begann, die Bilder anzunehmen. Vielleicht war es, als Felix Nussbaum kam und bat: *Lassen Sie meine Bilder nicht sterben!* Da begann ich Bilder zu verstecken, und es gab in ganz Berlin kein besseres Haus dafür, denn hier hätte niemand nach ihnen gesucht. Die Maler kamen zu mir. Die Kunsthändler. Die Sammler. Sie alle hatten Angst, dass ihre Bilder zerstört würden, und gaben sie in meine Hände. Sie kamen in den Nächten der Verdunkelung. Es war stockfinster, man sah wirklich nicht die Hand vor den Augen. Niemand war unterwegs. Doch sie kamen und brachten ihre Bilder. Ich ließ die Kellertür angelehnt, es gab ein Klopfzeichen.«

»Wer waren sie?«, fragte Katinka.

»Nachbarn. Freunde. Oft waren es die Maler selbst, die um ihre Bilder fürchteten. Die Gestapo kam unangemeldet in die Wohnungen und verwüstete sie. Die Ateliers wurden aufgebrochen, die Bilder zerfetzt. Sie brachten die Bilder zu uns, um sie zu retten. Sie brachten die Bilder auch, wenn sie ins Exil gingen und ihre Bilder nicht mitnehmen konnten. Es gab viele Leute damals, die Kunstwerke sammelten. Aus Liebe und Leidenschaft. Da gab es Leute, die bis vor Kurzem noch reich gewesen waren, doch nun ihre Besitztümer an den Staat abtreten mussten. Ihre Kunstschätze wurden zu lächerlichen Preisen verkauft. Das wollten sie nicht, und deshalb brachten sie die Bilder zu mir.«

Die Baronin schwieg. Ein leichtes Zittern lief über ihre Mundwinkel, ob aus Wehmut oder Abscheu, konnte Katinka nicht erkennen.

»Sie brachten Ölgemälde in schweren Rahmen, Radierungen und Aquarelle. Sie kamen mit Skulpturen aus Stein und Stahl, in Decken eingehüllt. Skizzenbücher und Stöße von Zeichnungen, in Eile zusammengerafft und in Mappen gesammelt. Wer abreisen durfte, konnte nicht viel mitnehmen. Andere flüchteten ins Verstummen. Manche Maler hörten auf zu malen. Viele machten weiter, selbst noch im Gefängnis. Es gibt aus jenen Jahren viele Zeichnungen von Gehängten.«

»Aber wieso hierher?«, fragte Katinka.

Die Luft war stickig geworden, doch die Baronin schien das nicht zu beeindrucken. Sie wirkte jetzt lebhaft, ihr Atem ging rascher, es war gerade so, als verjüngte sie sich beim Erzählen.

»Hier waren die Bilder sicher. Die SA stand davor. In diesem Haus befand sich früher die Reichskulturkammer. Im Keller wurden die Akten über alle Künstler im Land gehortet. Nur wer Mitglied in der Reichkulturkammer war, durfte unter den Nazis arbeiten. Wen sie hassten, dem verboten sie das Malen, das Schreiben, das Singen. Verbiete einem Tänzer das Tanzen, es ist sein sicherer Tod. Wo jetzt das Bibliothekszimmer ist, dort stand der Schreibtisch von Hinkel, dem Leiter. Ein aufgeblasener Prolet. Eitel. Geschwätzig. Unfähig. Er stolzierte herum wie ein Gockel in seiner Uniform, die Orden immer poliert. Doch er mochte mich und ließ mir freie Hand. Als der Luftkrieg begann, ließ er sich kaum noch blicken.«

»Sie haben für die Nazis gearbeitet?«, fragte Katinka.

Wieder zuckten die Muskeln im Gesicht der alten Dame, die früher gewiss einmal sehr schön gewesen war.

Die Baronin nickte. »Damals war ich Anfang zwanzig. Ich wäre gern Journalistin geworden, aber das war ganz unmöglich, ich konnte mich nicht verbiegen. Ich habe das Tausendjährige Reich überstanden, ohne ein einziges Mal ›Heil Hitler‹ zu sagen. Das gab es bei mir nicht. Ein gewisser Schutz war meine adlige Herkunft. Preußische Offiziersfamilie. Davor kuschten sie. Im Grunde waren die Nazis ein Haufen von Straßenkötern.«

Der Blick der Baronin glitt voller Verachtung durch den Raum. Katinka wusste, dass sie durch die endlosen Gänge ihres Gedächtnispalastes wanderte. Durch die damaligen Flure und Büros. Die Nasenflügel bewegten sich leicht, als ob die Baronin die Gerüche jener Tage wieder roch. »Straßenköter«, sagte sie. »Verroht. Verwildert. Doch ihnen gehörte nun plötzlich die Stadt, das ganze Land. Sie waren ja auch schlau. Und sie verließen sich auf ein Regime, das Angst und Schrecken verbreitete. Die, die sie nicht holten, die saßen zu Hause und hatten Angst, dass sie vielleicht geholt würden. Sie überwachten die ganze Stadt, das ganze Land. Die Gestapo wusste eigentlich alles. Wen sie holten, der packte aus. Gestand alles. Spätestens unter ihren Schlägen. Viele sind im Gefängnis gestorben, weil sie anderen geholfen hatten. Wie gesagt, es gab viele Zeichnungen von Gehängten.

Wer bei uns Bilder versteckt hatte, sprach nicht darüber. Wir haben niemals versucht, einen Menschen, eine Familie zu verstecken, obwohl es nötig gewesen wäre. Andere taten das. Viele waren es nicht. Es waren scheußliche Zeiten. Die Angst war allgegenwärtig. Aber ebenso die Willenskraft. Wir waren angespannt bis aufs Äußerste. Die Nazis ebenso. Es war unglaublich, zu welchen Leistungen die Menschen fähig waren. Es wurde gebaut wie verrückt, die Autobahnen, der Flughafen, das Olympiastadion, heimlich auch die Panzer für den Krieg. Wir alle waren die reinsten Nervenbündel. Das waren dann schon die Kriegsjahre, die täglichen Bombenangriffe. Kind, du warst nicht dabei, du kannst es dir nicht vorstellen.«

»Muss übel gewesen sein«, sagte Katinka, um irgendetwas zu sagen. Sie kam sich etwas lahm vor, wollte aber zeigen, dass sie noch da war. Doch die Baronin schüttelte entschieden den Kopf.

»Es war eine unglaubliche Zeit. Man war fanatisch. Fanatisch dafür oder dagegen. Ich weiß noch heute, wie ich sie gehasst habe. Wie ich ihnen den Tod gewünscht habe. Doch als Berlin bombardiert wurde, da habe ich im Keller gesessen und alle Muskeln angespannt, um nicht zu schreien. Und ich habe gebetet, dass sie nicht unser Haus treffen. Nicht unser Haus. Nicht unser Haus, in dem all die Bilder lagerten. Es waren mittlerweile Hunderte Bilder. Wir saßen buchstäblich auf ihnen. Das Haus glühte gleichsam von innen von Farbe und Form, und niemand wusste davon, keiner ahnte es.«

»Wo sind die Bilder denn jetzt?«, fragte Katinka. Sie kannte den Keller, sie hatte auch den Dachboden gesehen. Dort waren keine Kammern, die sich als Versteck eigneten. Kein altes Gerümpel, das man durchsuchen könnte, um Kunstschätze dort zu entdecken. Doch die Baronin reagierte nicht auf ihre Frage. Sie hatte sich so weit zurückgezogen in die Erinnerung, dass Katinka sich fragte, wann sie wieder hervorkommen würde.

»Die Schlaflosigkeit war für mich das Schlimmste«, sagte die alte Dame schließlich. »Ich wollte nur mal eine einzige Nacht durchschlafen. Doch in jeder Nacht heulten die Sirenen. In *jeder* Nacht! Man rannte runter. Schlaftrunken. Nur eine Tasche mit Ausweisen und Geld dabei, das war ein Handgriff. Und ich wusste auch, ich muss auf die Bilder aufpassen. Ich lebte in dem Glauben, solange es mich nicht erwischte, würden die Bilder überleben. Da saß ich dann im Keller. Die Luft wurde nach kurzer Zeit schlecht. Die Kerzen gaben winzige Flammen. Man wartete auf die Flugzeuge, auf das Dröhnen der Flak. Und wenn sie kamen, dann war immer die Frage: Werfen sie die Bomben hier runter oder woanders? Man konnte es abschätzen, wenn der

Bombenhagel begann. Die Einschläge, Explosionen. Es hörte sich entsetzlich an, wenn die halbe Stadt dazwischenlag, unten in Kreuzberg oder Neukölln. Doch wenn es um den Kurfürstendamm ging, dann hörte es sich nach Weltuntergang an. Man wird auf die Dauer blöde davon. Ich saß da und dachte: Ich bin zwanzig, ich will schlafen, warum können die nicht aufhören mit ihrem Scheißkrieg!«

Katinka kicherte über das Wort, das aus dem Mund der Baronin seltsam klang. Doch die alte Dame wiederholte es noch zweimal.

»Die Nachbarn wurden ja verschüttet. Das Haus gleich nebenan, das sah aus wie ein hohler Zahn. Die Grundmauern standen noch, man sah die Tapeten der Wohnzimmer, einen halben Schrank im Schlafzimmer im zweiten Stock. Dazwischen Schutt. Steine, halbe Wände, das lag alles auf der Kellertür. Man hörte kein Klopfen. Wir haben versucht, die Steine wegzuräumen, doch mit bloßen Händen kommt man nicht weit. Und diese furchtbare Müdigkeit, denn tagsüber ging die Arbeit weiter, die Nazihunde hatten noch lange nicht genug.«

»Hatten Sie keine Angst, erwischt zu werden?«, fragte Katinka.

Die Baronin lächelte. »Ich hatte um die Bilder Angst, nicht um mich. Seltsamerweise stand ich unter dem Schutz eines jungen Wachmanns. Er war ein frischer und einfacher Mann, Schwenckendorff, eigentlich ein Schuhmacher. Er hatte sich in mich verliebt, und er half mir, die Bilder zu verstecken. Mir zuliebe! Ich dachte nie weiter darüber nach, was später werden sollte, ich lebte nur von Tag zu Tag. Und von Nacht zu Nacht. Denn abends kamen die Flieger, wir konnten fast die Uhr danach stellen. Das Haus stand dann schon leer, es waren nur Büroräume hier. Doch ich wartete stets bis Dienstschluss, damit ich nachts noch Bilder annehmen konnte. Und der Wachmann war auch noch da, weil er eben in mich verliebt war. Ein ganz junger Kerl, zwanzig Jahre. Er spürte, wie sehr mir daran lag, die Kunstwerke zu verstecken. Wir brachten sie in den Keller und lagerten die Bilder in Koffern und Mappen. Und von da an hatte ich Angst, dass eine Bombe unseren Keller treffen könnte. Wir saßen zu zweit inmitten des Gerümpels, er hielt manchmal meine Hand. Ach, Angst. Ich hatte keine Angst um mich, ich wollte nur mal eine Nacht lang ausschlafen. Oder tanzen gehen.«

»Schwenckendorff?«, fragte Katinka. »Das war der Vater vom Investor, der jetzt das Haus unbedingt haben will? Weiß er denn etwas von den Bildern?«

»Hüte dich vor dem jungen Schwenckendorff«, sagte die Baronin. »Er ist in der ganzen Stadt bekannt für seine üblen Tricks. Er ist manisch. Besessen. Ich weiß nicht, was er weiß. Ich weiß nicht, was sein Vater ihm erzählt hat. Aber er scheint etwas zu ahnen. Deshalb habe ich oft vor dem Haus gewartet, als dein Vater im Krankenhaus lag. Ich wusste, es würde der Moment sein, an dem Schwenckendorff sich an das Haus heranmacht.«

Katinka dachte an die Nacht, in der Skripnik das Bild des Panthers von der Wand geholt hatte und darin den *Leierkastenmann* von Felix Nussbaum gefunden hatte. Sie hatte so lange nicht mehr daran gedacht. Sie erzählte der Baronin davon.

Die alte Dame nickte. »So soll es sein. Die Besitzer oder ihre Erben sollten ihre Bilder wieder abholen. Nach dem Krieg kamen einige. Wenn sie den Krieg oder die Lager oder die Flucht oder den Hunger überlebt hatten! Ich war so froh, wenn ich ihnen die Bilder zurückgeben konnte. Denn es kamen nicht viele, und nach einigen Jahren kam niemand mehr. Wer soll auch jetzt noch kommen? Die Erben ahnen es oft nicht. Und wer sich nicht an mich wendet, wird die Bilder auch nicht finden, denn ich bin die Einzige, die weiß, wo genau die Bilder versteckt sind.«

»Sie meinen, es sind noch weitere Bilder hier verborgen?«, fragte Katinka.

»Die meisten der Bilder müssten eigentlich noch da sein«, sagte die Baronin.

Katinka verstand nicht, was sie damit meinte. »Wo?«

»Hier«, sagte Frau von Rochlitz leichthin. Ihre Hand machte eine unbestimmte kreisförmige Bewegung, die offenbar das *Marabu* umfassen sollte.

»Sie meinen im Ernst, dass die Bilder hier im Haus versteckt sind?«, fragte Katinka.

»Habe ich mich so undeutlich ausgedrückt?« Die Baronin klang etwas gekränkt.

Aber Katinka schüttelte den Kopf. »Ich weiß nicht, was Sie mir hier erzählen wollen. Der Krieg war sicher schlimm. Und ich finde es auch blöd, wenn Kunstwerke verschwunden sind. Ich mag solche alten Dinge. Chagall und so. Aber ich fresse einen Besen, wenn in diesem Haus nach siebzig Jahren noch solche Bilder sind. So etwas gibt es nicht.«

Die Baronin von Rochlitz saß nun hoch aufgerichtet auf der Treppenstufe und sah Katinka mit funkelnden Augen an.

»So ein junges Gör wie du weiß natürlich Bescheid. Sicher. Ihr seid ja so schlau, ihr jungen Alphamädchen der Generation Y. Oder ist das jetzt schon Generation Z? Egal! Ihr wisst ja Bescheid. Ihr schaut jeden Donnerstag *Germany's Next Top Model*, und wenn ihr was nicht wisst, dann googelt ihr das. Das hätte ich damals natürlich auch gern getan: bei Google nachfragen, wie ich verbotene Bilder unterbringen kann. Und danach noch eine Staffel der neuesten Serie geglotzt, während um mich herum die Bomben runterfallen und ein Weltkrieg läuft.«

Katinka schaute zu Boden. »Tut mir leid, ich wollte Sie nicht kränken oder so. Sie haben bestimmt eine fiese Zeit durchlebt. Und ich glaube Ihnen auch, dass Sie den Leuten geholfen haben. Vielleicht waren die Bilder ja mal hier, kann ja sein, glaub ich Ihnen meinetwegen. Aber das ist siebzig Jahre her, die Bilder sind jetzt nicht mehr da.«

Die Baronin drohte ihr mit einem Finger. »Du hältst mich für verkalkt. Du meinst, dass in meinem Kopf ein paar Murmeln frei herumkullern. Ist es das?«

»Genau«, sagte Katinka.

»Schön. Ich weiß deine Ehrlichkeit zu schätzen. Klare Ansage: alte Frau, morsch im Kopf. Und ich kann dir garantieren: Wenn du jemals ein Alter erreichen solltest, wie ich es erreicht habe, dann wirst du in irgendeinem verwanzten Altersheim vor dich hin sabbern und keinen einzigen Satz mehr herausbringen, denn der Kronleuchter deines Hirn wird dunkel sein, sehr dunkel, mein Kind. Denn schon jetzt brennen da nicht eben viele Kerzen.«

Katinka schaute Frau von Rochlitz an und musste innerlich zugeben, dass die alte Dame geistig noch recht wach zu sein schien. Sie hatte keine Ahnung, wie die Baronin das machte. Sie selbst war nicht einmal achtzehn Jahre alt und hatte seit Wochen keinen klaren Gedanken mehr gehabt.

»Okay«, sagte sie schließlich und unterdrückte ein Gähnen. Vermutlich war es schon drei Uhr nachts. Die Baronin schien auch niemals schlafen zu müssen. Aber Katinka fühlte sich jetzt hundemüde und wollte einfach nur in ihr Bett. »Okay, dann sind die Bilder also hier. Und wo genau? Im Keller?«

Die Baronin schüttelte entschieden den Kopf. »Falsch. Dort sind sie gewiss nicht. Dort haben wir sie anfangs versteckt. Aber dann hatten wir eine bessere Idee.«

Katinka wusste, was jetzt kommen würde, und trotzdem fiel sie darauf herein: »Und was war das für eine Idee?«

»Das erzähle ich dir morgen«, sagte die Baronin.

# *Kapitel 35*

Zum ersten Mal seit Jahrzehnten war die Leuchtreklame vor dem Haus abgeschaltet. Das Hotel wirkte wie aus der Zeit gefallen. Der gelbe Baldachin wölbte sich unter den Windstößen auf, und es schien manchmal, als würde das Hotel um Luft ringen. Die Passanten gingen achtlos daran vorbei. Man hatte unschöne Geschichten über das *Marabu* gehört. Man hatte die niederschmetternden Zeitungsartikel gelesen. Man hielt das Haus mittlerweile für einen Schandfleck der Gegend.

Gäste wohnten hier ohnehin nicht mehr. Die Tür war verschlossen, die Lobby dunkel. Die Rezeption lag verwaist und verlassen da. Im kleinen Büro brannte eine kleine Nachttischlampe, doch das hatte nichts zu bedeuten. Sie brannte Tag und Nacht und würde weiter ihr kleines, funzeliges Licht geben, bis die Glühbirne ihren Dienst aufgab. Im Frühstückssaal waren die Stühle umgedreht auf die Tische gelegt worden. Sie streckten die Beine in den hohen Raum. Der Saal wirkte riesig in seiner Leere. Nichts rührte sich. Nicht einmal eine Kakerlake.

An der Tür des Aufzugs hing ein handschriftliches Schild:

AUSSER BETRIEB

Im ersten Stock war kein Ton zu hören.

Die zweite Etage lag verlassen da.

Doch aus dem dritten Stock war ein angestrengtes Hämmern und Reißen zu vernehmen. Es war zehn Uhr vormittags, und

Katinka und die Baronin waren damit beschäftigt, die Wände nach verborgenen Bildern abzusuchen.

Frau von Rochlitz hatte sich mit einem Hermès-Tuch die Haare hochgebunden und sah aus wie eine Berliner Trümmerfrau. Sie stand vor dem Schutt einer Seitenwand, die Katinka mit wuchtigen Schlägen aufbrach.

»Ich bin mir sicher«, sagte die Baronin eben. »In dieser Wand haben wir mindestens drei Pakete mit Zeichnungen und Gemälden untergebracht. Beckmann, Mueller und Jeanne Mammen. Großartige Bilder.«

Katinka hob den Vorschlaghammer, den sie im Keller gefunden hatte, und ließ ihn mit aller Kraft gegen die Wand knallen. Der Mörtel spritzte, und Staubwolken stiegen auf. Das Gemäuer aber hielt den wuchtigen Schlägen tapfer stand.

»Hoffentlich irre ich mich nicht«, sagte Frau von Rochlitz. Ihr Gesicht hatte den etwas abwesenden Ausdruck, den Katinka von Herrn Skripnik kannte, wenn er seine langen Spinnenfinger über die Tapeten gleiten ließ. »Damals war mir nicht wohl bei dem Gedanken, dass dieser Schwenckendorff von den Bildern wusste. Er war in den letzten Monaten vor Kriegsende eingezogen worden und kam an die Ostfront. Er war ein anständiger junger Mann, doch der Krieg verändert die Menschen, er verroht sie, macht sie gierig. Und auch Schwenckendorff würde nicht ewig in mich verliebt bleiben. Wie Männer eben so sind. Irgendwann würde er kommen und nach den Bilder fragen. Seinen Anteil fordern. Vielleicht versuchen, mich zu erpressen. Oder versuchen, die Bilder an sich zu bringen. Deshalb konnten die Bilder nach dem Krieg nicht im Keller bleiben. Ich schaffte sie also aus den Kellergewölben hinauf in den zweiten und dritten Stock. Ich schlug sie in Segeltuch ein, luftdicht. Und ich mauerte sie ein. Mit meinen eigenen Händen!«

Katinka hatte die Tapete großflächig abgerissen. Danach hatte sie den Türrahmen mit gezielten Schlägen aufgebrochen. Das Mauerwerk darunter sah alt und brüchig aus, doch es hielt sich wacker.

»Oder war es im zweiten Stock?« Die Baronin murmelte zweifelnd vor sich hin. »Es ist doch so viele Jahre her. Über siebzig Jahre. Was war ich jung damals.«

Katinka wollte sich nicht mit Zweifeln aufhalten, sondern wissen, was in den Wänden verborgen war. Wenn dort etwas verborgen war. Noch ein Schlag. Der erste Stein brach heraus und fiel polternd zu Boden.

Frau von Rochlitz trat mit einem eleganten Ballettschritt zur Seite. Katinka holte nochmals aus und hoffte inständig, dass die Baronin sich nicht in eine Wahnidee hineingesteigert hatte, für die sie nun das arme Hotel demolierte. Doch dann hob sie den Vorschlaghammer nochmals und ließ ihn wieder gegen die Wand krachen. Der zweite Stein brach heraus. Der dritte.

Einige Minuten später gab die ganze Wand nach und sackte in sich zusammen. Katinka war froh, dass es keine tragende Wand war, denn sonst wäre ihnen jetzt der halbe Dachstuhl entgegengekommen. Aber es fiel nur die kleine Wand, die zwei Zimmer abgeteilt hatte. Zwischen den Mauerstücken fielen drei große Pakete aus Segeltuch heraus, mehrfach verschnürt und mit Holzrahmen einfasst.

»Da sind sie ja«, sagte die Baronin zufrieden. Sofort hatte sie ihre alte Sicherheit wiedergewonnen, als hätte es niemals den geringsten Anlass zu einem Zweifel gegeben.

Katinka stand mit offenem Mund da, der Schweiß rann über ihre Stirn. Ihre Hände hatten Schwielen bekommen, doch das spürte sie jetzt nicht. Sie sah minutenlang auf die verschnürten Pakete, als könnte sie ihren Augen nicht trauen.

Frau von Rochlitz bückte sich nach dem kleinsten Paket. Sie klopfte den Staub herunter. Ihre Stimme klang zärtlich: »Kenn dich doch. Hast dich nicht sehr verändert. Lange her. Aber das weiß ich noch, wie ich dich hier versteckt habe. Und jetzt hast du siebzig Jahre hier auf mich gewartet. Tröste dich – Dornröschen hat hundert Jahre geschlafen.«

Sie brachten die Pakete gemeinsam in die Suite der Baronin und öffneten sie.

Sie breiteten die Bilder auf dem Bett der Baronin aus.

Zeichnungen.

Aquarelle.

Radierungen.

Katinka stand fassungslos davor.

Sie hatte in ihrem Leben noch nicht eine solche Schönheit gesehen. Es war, als hätten die Bilder siebzig Jahre lang darauf gewartet, sich endlich zeigen zu dürfen. Die Farben waren frisch wie am ersten Tag. Der Schwung der Konturen war so lebendig, dass die Barmädchen auf dem Bild links ihr wie Bekannte vorkamen. Die Straßenansicht von Berlin, die daneben lag, vibrierte so von Leben, wie Katinka es noch nie erlebt hatte. Und daneben lag eine verwischte Kohlezeichnung eines Mannes, der sich selbst erhängt hatte. Der Stuhl unter ihm war umgestürzt, er hing am Seil in der Luft, sein Kopf nach vorn geknickt. Von diesem Bild ging eine entsetzliche Einsamkeit aus, die noch verstärkt wurde durch die Abdrücke der Handballen des Zeichners, als hätte er es nicht erwarten können, mit dieser Zeichnung fertig zu werden.

Das Aquarell daneben zeigte drei Barmädchen in leuchtenden Farben. Sie rauchten Zigaretten in langen Filtern.

»Jeanne Mammen«, sagte die Baronin. »Sie war eine tolle Malerin. Wir alle liebten sie. Aber ihre Bilder verschwanden.«

»Ich glaub, ich muss Sie um Entschuldigung bitten«, sagte Katinka leise. Doch laut genug, dass die Baronin sie hörte.

»Ja, das musst du wohl. Und ich nehme sie an. Und jetzt hilf mir mal mit dem zweiten Paket.«

Sie beugten sich über das verschnürte Paket, lösten die Bindfäden und schlugen das schwere Segeltuch auseinander.

Ein flacher Stapel Ölgemälde von Max Beckmann und Otto Dix kam zum Vorschein.

Diesmal war es die Baronin von Rochlitz, die minutenlang auf die großen Bilder schaute. Sie zeigten Porträts von Wissenschaftlern und Ärzten, die runde Nickelbrillen trugen. Andere Bilder zeigten mythische Themen, wuchtig in Szene gesetzt. Odysseus am Strand. Der letzte Weg des Empedokles. Manche der schwarzen Striche waren wie Aufschreie, sie zeigten eine Kraft, die auch Katinka anrührte, obgleich diese Bilder ihr fremd blieben.

Die Baronin stand weiterhin davor.

Katinka setzte sich in den Sessel am Fenster. Draußen war ein normaler Tag im Mai des Jahres 2015. Es war kein schöner, sondern ein mittelmäßiger Tag in Berlin, einer dieser Tage mit sechzehn Grad und Nieselregen und Baulärm und Menschengedränge und schlechter Laune und Zahnschmerzen und Plastiktüten.

Hier aber, hinter den halb zugezogenen Vorhängen der Suite des *Marabu*, hier geschah ein Wunder.

»Wahnsinn«, sagte sie.

»Was meinst du?«, fragte die Baronin, ohne den Blick von den Bildern auf ihrem Bett abzuwenden.

»Ich bin reich«, sagte Katinka. »Nicht nur reich. Sondern richtig reich, schweinereich. Superduperreich. Unermesslich reich. Ich zahle all die Schulden mit links. Und ich werde nie auch nur noch einen Tag in meinem Leben arbeiten müssen. Ich kann mir den Abschluss im Internat sparen. Und ich werde mir ab jetzt jeden Morgen das Frühstück ans Bett bringen lassen.«

Die Baronin sagte nichts. Sie stand einfach vor den Bildern und strich sich wie abwesend über die Arme, als müsste sie sich vergewissern, dass sie nicht träumte.

»Diese Bilder sind doch Millionen wert«, sagte Katinka. »Die kann ich jetzt meistbietend versteigern lassen. Museen, Kunsthändler, japanische Firmen, die werden mich mit Geld bis an mein Lebensende pampern. I'm gonna be a rich bitch!«

Die alte Dame sah sie verständnislos an.

»War ein Scherz«, sagte Katinka.

»Selten so gelacht«, sagte Baronin von Rochlitz. »Können wir dann bitte weitermachen? Ich weiß noch einige Wände, in denen Bilder sind. Und dass du es wirklich weißt: Sie gehören immer noch den Leuten, die sie hierhergebracht haben, und niemandem sonst. Oder ihren Nachfahren. Ihren Familien.«

Sie schloss das Zimmer ihrer Suite ab.

»Wieso?«, sagte Katinka. »Hier ist doch niemand!«

»Hoffentlich«, sagte die Baronin und steckte den Schlüssel ein.

Am Abend hatten die beiden in fünf weiteren Zimmern des zweiten und dritten Stockwerks die Zwischenwände eingerissen. Um genau zu sein: Die Baronin hatte die Wände ausgesucht, und Katinka hatte den Vorschlaghammer geschwungen.

Ihre Arme und Schultern schmerzten jetzt schlimmer als nach jedem Rugbyspiel ihrer Schulkarriere. Die Schwielen an ihren Handflächen waren aufgeplatzt. Und die letzte Wand in Zimmer 228 hätte sie sich auch sparen können, denn dort hatte Baronin von Rochlitz sich geirrt. Die Wand war leer. Nichts als Ziegelsteine und Mörtel. Kein Versteck für Kunstwerke.

»Tut mir sehr leid«, sagte sie. »Da muss mich meine Erinnerung wohl getrogen haben. Ich bin einfach nicht mehr die Jüngste.«

Katinka ahnte, dass sie wegen ihrer patzigen Rede am gestrigen Abend eine Extraschicht erhalten hatte. Doch das war nun, da alles geschafft war, völlig in Ordnung. In vier Wänden hatten sie weitere Bündel und Pakete gefunden. Sie brachten sie in die Suite der Baronin, wollten sie aber noch nicht öffnen.

»Ich sterbe gleich vor Hunger«, sagte Katinka.

»Ausgeschlossen«, sagte Frau von Rochlitz. »Wir können das Hotel nicht verlassen. Die Bilder sind hier nicht sicher.«

»Wir schieben sie unters Bett«, sagte Katinka. »Niemand weiß, dass sie hier sind. Das wusste siebzig Jahre lang niemand. Kann ich jetzt keinen Schritt mehr nach draußen tun?«

Die Baronin schüttelte den Kopf. »Wir bleiben hier.«

»Dann bestelle ich einen Pizzabringdienst«, sagte Katinka.

»Okay, lass uns rausgehen«, sagte die Baronin hastig.

Sie verließen das Hotel über den Hinterhof. Es war ein stiller Abend. Der Regen hatte aufgehört, Nachbarn und Passanten waren nicht zu sehen. Als die beiden den Kurfürstendamm hinunter ins *Kempinski* gingen, hakte sich Katinka vorsichtig bei der Baronin unter.

# *Kapitel 36*

»Du hast mich einmal gefragt, ob ich deinen Vater kannte«, sagte die Baronin, als sie endlich einen Platz in *Kempinskis* Restaurant gefunden hatten. Der Kellner hatte den Bruchteil einer Sekunde gezögert, ihnen einen Tisch anzubieten, als er Katinka sah. Sie trug immer noch ihre Arbeitsjeans. Doch die Baronin legte einen so selbstsicheren und selbstverständlichen Auftritt hin, dass er ihnen den besten freien Tisch gab.

Baronin von Rochlitz würdigte ihn keines weiteren Blickes, sondern setzte ihren Satz fort. »Natürlich habe ich ihn gekannt. Ich war seine schlimmste Feindin. Denn er hat mir den einzigen Menschen genommen, der mir jemals etwas bedeutet hat. Dein Vater. Unglaublich, wie man einen Menschen unterschätzen kann.«

Sie schüttelte ihren Kopf. Ihr Blick wanderte durch die hohe Halle des Restaurants, als erinnerte sie sich hier besser an die früheren Zeiten.

»Er war ein gut aussehender Mann. Groß, schlank, freundliche Augen. Er kam aus einer Flüchtlingsfamilie. Er hatte Charme und Stil. Hat um meine Tochter geworben. Er konnte witzig sein und sie zum Lachen bringen, wenn sie traurig war. Niemand sonst konnte das. Sie hat ihn geheiratet. Obwohl ich ihr natürlich abgeraten habe.«

Katinka hörte ihr zu, es war, als glitt sie ihrerseits in eine längst vergangene Zeit hinein. Jedenfalls hatte sie sich bisher kaum einmal ihren Vater als jungen Mann vorgestellt.

Die Baronin kümmerte sich nicht darum. »Ich habe es ihr geradezu verboten. Dabei war mir klar, er wollte nicht ihr Geld. Er wollte sie. Er wollte sie glücklich sehen. Und das waren sie, beide. Sie waren das glücklichste Paar, das ich jemals gesehen habe. Meine Tochter und dein Vater.«

Katinka hörte ihr mit offenem Mund zu. Endlich ahnte sie, was ihr Vater das ganze Leben vor ihr verborgen hatte. Sie verstand es nicht, aber sie ahnte es, und das Herz schlug ihr bis zum Hals.

»Ich hoffe, ich langweile dich nicht«, sagte die Baronin. »Du kannst gern nach Nachrichten auf deinem Telefon schauen.«

»Das ist die irrste Geschichte«, sagte Katinka, »die absolut irrwitzigste und irrtraurigste Geschichte, die ich jemals gehört habe, und ich falle tot vom Stuhl, wenn Sie nicht weitererzählen.«

»Ich war damals noch oft in eurem Haus. Es wurde ja bald nach dem Krieg ein Hotel, und ich achtete darauf, dass niemand die Wände anrührte, in denen ich die Bilder versteckt hatte. Darüber hatte ich eine Übereinkunft mit deinem Großvater geschlossen. Er fragte nicht nach. Er hatte eine Art Verständnis. Und wenn Leute nach den Bildern fragten, dann schickte er sie zu mir, und ich gab ihnen ihre Sachen zurück. Ich war die Hüterin dieses Geheimnisses. Eigentlich sollte dieses Amt an meine Tochter übergehen, doch als sie deinen Vater heiratete, da schwor ich mir, ihnen nichts zu erzählen. Und ich hielt mich daran. Ich schwieg wie ein Grab. Jahrelang. Und als ich endlich mit meiner Tochter sprechen wollte, war es zu spät.«

»Weshalb?«, fragte Katinka.

Doch nun kam das Essen, und es war eine der besten Mahlzeiten, die Katinka jemals gegessen hatte. Das lag gewiss auch daran, dass sie den ganzen Tag wenig gegessen und schwer geschuftet hatte. Auch die Baronin genoss ihr Essen sichtlich. Sie hatte sich einen Zander bestellt.

»Ich glaube, ich hätte Ihre Tochter gern mal kennengelernt«, sagte Katinka, um die Baronin zum Weitererzählen zu ermuntern.

»Ein wenig hast du sie ja gekannt«, sagte die Baronin. Ihre Augen schimmerten. Sie sah in diesem Moment wirklich aus wie eine Frau von neunzig Jahren. Und wie eine Frau, die immer noch um ihre Tochter trauerte.

»Sie ist bei deiner Geburt gestorben«, sagte sie schließlich. Sie griff nach dem Weinglas, und ihre Hand zitterte kaum merklich.

»Sie ist bei meiner Geburt gestorben?«, fragte Katinka. Ihr war, als hätte sie etwas Wichtiges verpasst. »Sie war dabei?«

Es dämmerte ihr nur allmählich.

»Lass dir nur Zeit«, sagte die Baronin.

»Ihre Tochter war meine Mutter«, flüsterte Katinka. »Und meine Mutter ist gar nicht meine Mutter, ich meine, die Frau, die ich siebzehn Jahre für meine Mutter gehalten habe und die ich nie leiden konnte.«

Die Baronin nickte. Sie hatte sich erstaunlich gut im Griff, sie ließ keine einzige Träne zu. Doch Katinka liefen die Tränen in kleinen warmen Rinnsalen über die Wangen. Diese Tränen fühlten sich schmerzlich und gut an, jede einzelne ein süßer Schmerz der Wahrheit.

»Ich habe dich lange nicht leiden können«, sagte die Baronin. »Viele Jahre konnte ich es nicht verwinden, dass meine Tochter stirbt und die Enkelin überlebt.«

»Genau«, sagte Katinka. »Dann bist du meine Oma!«

Die Baronin streckte entrüstet den Rücken. »Wenn ich dieses Wort noch ein einziges Mal aus deinem Mund höre, trennen sich unsere Wege. Wenn unbedingt nötig, dann nenn mich Großmutter. Doch am besten bleibst du bei Baronin von Rochlitz.«

Sie tippte Katinka in einer raschen Bewegung auf den Handrücken, und diese sanfte Berührung genügte, dass Katinka sie wirklich zu mögen begann.

Die beiden bestellten sich noch einen Espresso. Rührten in den kleinen Tassen. Es wirkte, als wäre der Moment der Nähe plötzlich verflogen. Unwiederbringlich dahin. Die Geräusche des Restaurants wurden deutlicher, die vorbeifahrenden Autos draußen auf dem Kurfürstendamm hupten hektisch. Hier aber, am Tisch der beiden, war es still.

»Dann haben sie mich all die Jahre angelogen«, sagte Katinka. »Mein Vater und meine Mutter, also Stiefmutter. Einfach eine andere Geschichte erzählt, und ich habe sie geglaubt. Blieb mir auch nichts anderes übrig. Aber das ist nicht okay. So etwas macht man nicht mit den eigenen Kindern! Und ich habe mich geschämt, weil mir das Wort Mama nie über die Lippen gekommen ist. Ich habe immer vermieden, sie direkt anzusprechen, weil ich nicht Mama sagen wollte. Angelogen. Kein Wunder, dass ich da wegwollte. Verdammte Lügen. Und du hasst mich, weil meine Mutter stirbt, als ich geboren werde. Ich werde euch Erwachsene nie verstehen. Nie. Nie.«

Doch dann begegnete Katinka dem Blick der Baronin und lächelte ihr schüchtern zu.

»Wie war meine Mutter?«, fragte sie.

Die Baronin ließ sich Zeit mit der Antwort. Sie besann sich. Sie brauchte einen tiefen Atemzug, um von ihrer Tochter zu erzählen.

»Lustig war sie. Verträumt. Nicht so eine Kämpferin wie du. Bist du offenbar immer schon gewesen. Die Ärzte sagten, du musstest wirklich kämpfen, um am Leben zu bleiben. Deine Mutter war zarter. Vielleicht bist du ja insgeheim auch so und erlaubst es dir nicht.«

Katinka versuchte ein Bild dieser fernen Frau zu bekommen, eine Gestalt, ein Gesicht. Außerdem musste sie sich fast an ihrem Stuhl festhalten, weil sie das Gefühl hatte, dass der Boden unter ihr nachgab.

»Kannst du mir ein Bild von ihr zeigen?«, fragte sie.

»Aber ja«, sagte die Baronin. »Drüben im Hotel habe ich einige Bilder von Melitta. Es ist mir immer noch schwer, sie anzusehen, doch ich kann nicht ohne sie reisen.«

»Melitta«, sagte Katinka. »Echt jetzt?«

Frau von Rochlitz hob ihre Nase unnachahmlich in die Höhe. »Es bedeutet ›die Honigsüße‹, und das traf vom allerersten Tag auf deine Mutter zu.«

»Wie ist denn dein Vorname?«, fragte Katinka weiter.

Die Baronin lehnte sich bequem in ihrem Stuhl zurück. »Erdmuthe.«

Katinka war so durcheinander, dass sie zu kichern begann, als sie den Namen hörte.

Die Baronin bestellte zwei Cognac. »Der Tag der großen Entdeckungen. Haben wir uns verdient. Auf dein Wohl.«

Vielleicht hätten sie besser auf den Cognac verzichtet, denn danach begann Katinka ganz ungeniert und untröstlich zu heulen. Die anderen Gäste drehten sich nach dem ungleichen Paar um. Katinka hatte ihren Arm auf den Tisch gelegt und den Kopf darauf und weinte, als ginge es um ihr Leben.

Die Baronin strich ihr gelegentlich das Haar aus dem erhitzten Gesicht, und Katinka fühlte sich wie ein dreijähriges Kind.

»Ich hätte sie so gern kennengelernt«, sagte sie nach einer langen Zeit des Schweigens.

»Sie hat sich so sehr auf dich gefreut.« Die Baronin blickte in die Ferne, und als sie Katinka wieder ansah, war in ihrem Blick keine Spur von Groll mehr, sondern eine warme Zuneigung.

»Dann war nur noch dein Vater übrig. Wie gesagt, ich habe ihn gehasst, denn für mich war *er* am Tod meiner Tochter schuld. Ich konnte das *Marabu* jahrelang nicht mehr betreten. Siebzehn Jahre lang. Ich wusste, dass es dich gibt, ich war einige Male in Berlin und traf deinen Vater unten am Lietzensee, und er brachte dich mit. Aber ins Hotel konnte ich nicht mehr gehen, und es fiel mir schwer, dich in den Arm zu nehmen. Obwohl du recht niedlich warst als Kind.«

# *Kapitel 37*

Katinka wachte morgens von einem heftigen Klopfen auf. Sie schaute sich um und wusste im ersten Moment nicht, wo sie war. Dann fiel ihr ein, dass sie nicht in ihrem Zimmer hatte schlafen wollen, sondern ins kleine Büro neben der Rezeption gegangen war und sich im Sessel ausgestreckt hatte.

Jemand klopfte mit einem Schlüsselbund an die gläserne Eingangstür des Hotels. Und hörte nicht auf zu klopfen. Katinka rieb sich den Schlaf aus dem Gesicht. Sie wusste noch, dass sie etwas Wichtiges geträumt hatte, es gab einen Satz, der ihr Leben verändert hatte, doch er fiel ihr nicht mehr ein.

Wie blöd manche Leute sind, dass sie nicht kapieren, dass dieses Hotel geschlossen ist, dachte sie, denn das Klopfen hörte nicht auf. Sie ging zum Eingang.

Draußen standen Schwenckendorff und ihre Mutter. Beide winkten ihr fröhlich zu. Sie hatten ein Baguette unterm Arm.

»Wir wollten dich zum Frühstück einladen! Alles in Ordnung bei dir?«, fragte ihre Mutter.

Katinka nickte. Jetzt fiel ihr der Satz ein, der ihr Leben verändert hatte. Es war kein Traum gewesen. Sondern die Baronin. *Sie ist bei deiner Geburt gestorben.* Die Frau dort draußen war nicht ihre Mutter, sondern ihre Stiefmutter. Und sie stand neben dem Mann, der das Hotel auslöschen wollte. Beide lächelten.

Katinka öffnete die Glastür und erwiderte ihr Lächeln. »Hallo, Mama. Schön, dich zu sehen! Hallo, Herr Schwenckendorff! Was für eine Überraschung!«

Ihre Stiefmutter breitete die Arme aus, und Katinka umarmte sie. Die Begrüßung wirkte unbeholfen, doch das waren ihre Umarmungen in den letzten Jahren immer gewesen. Herr Schwenckendorff machte eine tiefe Verbeugung, als Katinka ihm die Hand reichte.

»Kommt doch herein«, sagte Katinka betont munter. »Wir haben geschlossen, aber wir können uns gern in den Frühstückssaal setzen.«

Schwenckendorff und ihre Stiefmutter betraten die Lobby wie auf Zehenspitzen. Sie drehten möglichst unauffällig die Köpfe und witterten.

»Wir haben von Nachbarn gehört, dass es gestern hier Lärm gegeben hat. Baulärm.«

Katinka fuhr innerlich etwas zusammen. Daran hatte sie nicht gedacht. Ihre Stiefmutter hatte viele Bekannte in der Schlüterstraße. Nachbarn, die gleich neben dem Hotel wohnten und manchmal sonntags nach Brötchen oder Zucker fragten. Nachbarn, die alles mitkriegten und die gern plauderten. Nachbarn, denen nichts entging, was im Hotel geschah.

»Nein, hier gibt es keine Bauarbeiten«, sagte sie und rückte die Stühle zurecht. »Da hat dich jemand verarscht.«

Ihre Stiefmutter blieb beharrlich. »Es war von Hammerschlägen die Rede. Frau Damaschke im Nebenhaus rief mich an und fragte, ob das nötig wäre am Sonntagnachmittag. Sie überlegte schon, die Polizei zu holen.«

»Frau Damaschke spinnt, das weißt du genau. Sie ist eine fette alte Kuh, die stundenlang aus dem Fenster glotzt, um die Nachbarn auszuspionieren.«

»Oh nein, ich bin überzeugt davon, dass Frau Damaschke

in diesem Fall eine interessante Beobachtung gemacht hat. Sie sprach von schweren Hammerschlägen. Nachmittags und abends. Was war denn da los, Katinka?«

Katinka wurde allmählich nervös. Ihre Stiefmutter hatte sich ziemlich nah vor ihr aufgebaut, als erwarte sie eine sofortige und ehrliche Antwort. Katinka sah ihre Krähenfüße, die nur mühsam von Make-up überdeckt waren. Sie roch ihren Atem. Diese Frau war ihr zuwider.

Und dann war da noch Schwenckendorff, der wie ein neugieriger Bär im Frühstückssaal herumschlich, in die Lobby hineintappte und am Eingang des Treppenhauses schnupperte.

»Herr Schwenckendorff, könnten Sie hier bitte mal helfen?«, fragte Katinka. Er kam unwillig zurück.

Es wurde ein freudloses Frühstück. Keine der drei Parteien hatte wirklich Hunger. Man belauerte sich. Machte unverfängliche Konversation und wartete auf einen Fehler, eine unvorsichtige Bemerkung des Gegners.

Besonders Schwenckendorff war es unerträglich, dass er hier im Frühstückssaal festsaß.

»Das reicht mir jetzt«, sagte er und warf seine Serviette auf den Tisch. »Ich schaue mich mal etwas um, während ihr hier vielleicht noch etwas zu bereden habt.«

»Davon bitte ich Abstand zu nehmen«, sagte Katinka. »Dieses Hotel gehört mir, und ich wünsche keine Kontrollgänge.«

»Du kannst mich mal«, sagte Schwenckendorff. »Ich habe so lange auf dieses Hotel gewartet. Du hast nicht annähernd eine Vorstellung, wie lange ich auf dieses Haus gewartet habe. Und jetzt, da es schon fast mir gehört, jetzt höre ich, dass ihr hier die Wände einreißt. Und das werde ich mir ansehen.«

Er ging ins Treppenhaus. Katinka konnte ihn nicht zurückhalten, denn ihre Stiefmutter hielt sie auf ihrem Platz fest.

»Lass ihn. Du weißt doch, wie Männer sind. Sie setzen immer ihren Willen durch.«

Katinka wollte sie beiseiteschieben, doch ihre Stiefmutter stieß sie zurück auf den Stuhl. Und gab ihr einen scharfe Ohrfeige. Katinka brannte die Wange, und sie erinnerte sich an die vielen Momente in ihrer Kindheit, in denen ihre Stiefmutter die Fassung verloren und zugeschlagen hatte. Damals hatte sie sich nicht gewehrt, weil sie glaubte, ein Kind müsste das aushalten.

»Bleib jetzt sitzen!« Sie beugte sich über Katinka, und ihr Gesicht war von plötzlichem Hass verzerrt. »Ich habe es so satt mit dir. Kannst du dir das vorstellen? Kannst du dir das vorstellen, dass eine Mutter die eigene Tochter hasst?«

Sie gab Katinka noch eine Ohrfeige, ihre harte Hand rutschte über Katinkas Nase, und das Blut schoss heraus.

»Siehst du? Schon wieder!«, rief ihre Mutter. »Wie du dich immer und ewig zum Opfer machst! Wisch dir die Nase ab.«

Katinka wischte sich das Blut aus dem Gesicht, und ihre Mutter betrachtete angeekelt die Hand, mit der sie zugeschlagen hatte. Sie wischte die Blutspuren an Katinkas Hemd ab.

»Ich bin jedenfalls nicht deine eigene Tochter«, sagte Katinka und hob ihr Gesicht zu dem ihrer Stiefmutter, sodass sich ihre Nasen fast berührten. »Deine eigene Tochter wäre genau so ein verdammtes verlogenes Scheusal wie du.«

Für einen Moment war ihre Stiefmutter sprachlos, und dieser Augenblick genügte Katinka.

Sie stand auf und schob die Frau aus dem Weg.

Dann rannte sie zum Treppenhaus.

Doch Schwenckendorff kam ihr auf den Stufen entgegen. Er ging langsam. Sein Gesicht war aschfahl. Zwischen seinen Beinen hatte sich ein nasser Fleck gebildet. Mit jedem Schritt sackte er mehr in sich zusammen.

»Ich gehe«, sagte er und hob die Hände.

Hinter ihm erschien die Baronin. Sie trug ein langes schwarzes Kleid und lange schwarze Handschuhe. An einer glitzernden Leine führte sie einen Panther.

Der Panther ging lautlos. Seine Augen waren zu schmalen Schlitzen verengt. Er war ganz auf Schwenckendorff fixiert.

Die Baronin flüsterte ihm Worte in einer Sprache zu, die Katinka nicht kannte.

Der Panther duckte sich unmerklich, als setzte er zum Sprung an, und ließ ein untergründiges Fauchen hören, das auch Katinka einen eisigen Schauer über den Rücken jagte.

»Ich verschwinde«, sagte Schwenckendorff nochmals. »Ich komme nicht wieder. Ich verzichte. Alles Gute für euch.«

Er ging mit langsamen, schleppenden Schritten durch die Lobby, und der Fleck auf seiner Hose hatte sich weiter ausgebreitet.

»Waschlappen«, sagte Katinkas Stiefmutter mit abgrundtiefer Verachtung, als sie ihn so sah. »Warum gerate ich immer an diese Versager. An diese Schlappschwänze.«

Katinka sah, dass sie ihre Fäuste vor Wut so ballte, dass die Knöchel weiß hervortraten.

Frau von Rochlitz begleitete die beiden zum Eingang des Hotels. Der Panther schien ihr aufs Wort zu gehorchen, auch wenn er noch jung und verspielt war.

# *Kapitel 38*

Er ging den engen Flur im dritten Stock des Hotels entlang. Vor Zimmer 318 endete sein Weg. Er klopfte nicht an. Seine Hand legte sich auf die Klinke und drückte sie nieder. Die Tür öffnete sich nicht. Sie war von innen abgeschlossen.

Er holte den Nachschlüssel heraus, und der passte perfekt ins Schloss.

Jetzt gab die Tür nach und öffnete sich, doch nur einen Spaltbreit. Von innen war eine Kette vorgelegt.

Sein Blick wanderte lautlos durch den Türspalt ins Zimmer hinein. Es war ein katzenhafter Blick, der durch die Dunkelheit tastete. Ein geduldiger Blick, unter dem die Schemen allmählich Gestalt gewannen.

Hinten ein Schreibtisch und ein Kleiderschrank. Über dem Stuhl hingen Jeans, Bluse, Shirt, Pullover. In der Mitte ein großes Bett, und darin schlief ein Mädchen, das in diesem Augenblick den Kopf hob, weil es sich gestört fühlte. Die dunklen Haare waren völlig zerwühlt, ihre Augen öffneten sich nur widerwillig.

Während sie erwachte, begegnete sie dem fremden Blick an ihrer Zimmertür.

Katinka wich zurück, bis ihr Rücken die Zimmerwand berührte.

»Sei leise«, sagte die Stimme des Mannes. »Alles ist gut. Es wird dir nichts passieren, wenn du erzählst, was du weißt. Lass uns reden.«

»Ich weiß nichts«, sagte Katinka. »Ich will, dass Sie weggehen. Sie haben hier nichts zu suchen. Gehen Sie nach Hause. Lassen Sie mich in Ruhe. Bitte.«

»Die Zeit des Bittens ist vorbei«, sagte Schwenckendorff hinter der Tür. »Ich habe es satt. Ich habe das Warten satt. Heute ist die Nacht, in der die Rechnungen beglichen werden.«

»Aber was wollen sie denn?«, fragte Katinka.

Sie streckte die Hand nach ihrer Jeans aus, nach einem Pullover. Sie wollte nicht im Schlafanzug mit dem Investor reden.

»Ich will die Bilder.«

Katinka sagte eine Minute lang nichts. Sie schlüpfte aus dem Bett und schlich zum Fenster. Draußen war es dunkel, bis zur Morgendämmerung war es noch eine Stunde hin. Nur selten fuhr ein Auto vorbei. Ihr Zimmer war im dritten Stock des Hauses, sie könnte das Fenster öffnen und hinausklettern und auf dem Fenstersims vielleicht das nächste Zimmer erreichen. Wenn dort ein Fenster offen stand, könnte sie Schwenckendorff entkommen.

Sie wusste, dass dort kein Fenster offen stand. Sie wusste, dass sie fallen würde. Und sie wusste, dass sie einen Sturz aus dem dritten Stock nicht überleben würde. Sie saß in der Falle.

Sie entfernte sich vom Fenster und ging zur Tür.

»Welche Bilder?«, flüsterte sie. Ihre Stimme war nahezu körperlos, doch sie spürte, dass Schwenckendorff sie hörte.

Eben hatte sie noch sein Gesicht im Türspalt gesehen, seinen lauernden Blick, jetzt war nur der Umriss seines Hinterkopfs zu ahnen. Offenbar hatte er sich umgedreht und mit dem Rücken an die Tür gesetzt.

Sie war ihm jetzt sehr nah. Nur die Vorhängekette trennte sie noch.

»Welche Bilder meinen Sie?«, fragte sie.

»Die Bilder, die mein Vater hier versteckt hat«, sagte Schwenckendorff. »Mein Vater. Der Schuhmachergeselle und SA-Rottenführer Friedrich Schwenckendorff. Abkommandiert zur Bewachung der Reichskulturkammer. Er war zwanzig Jahre alt, als der Krieg ausbrach. Ich weiß nicht, wie er damals gewesen ist. Vielleicht war er ein frischer junger Mann. Ich kannte ihn nur als alten und gebrochenen Mann mit einem Fimmel. Einer Macke. Einer echten Wahnidee. Wahrscheinlich hat dein Vater nie von ihm erzählt. Dein Großvater? Alle kannten ihn. Er war an der Ostfront gewesen, in Russland, und kam erst sehr spät aus der Gefangenschaft zurück, Mitte der Fünfzigerjahre. Die Jahre im Lager hatten ihn mürbe gemacht. Er sprach nie davon. Nicht ein einziges Wort. Dafür redete er unablässig von den Bildern. Er war davon besessen. Er sagte, ohne die Bilder hätte er nicht überlebt. Er wollte sie unbedingt wiedersehen.«

Schwenckendorff schwieg. Katinka wartete ab, sie hörte ihn atmen. Sie hatte seit einigen Minuten einen feinen Geruch nach Benzin in der Nase. Es war nur ein Hauch, eine ferne Erinnerung. Nein, mehr als eine Erinnerung, es war nah, unbegreiflich nah. Vielleicht kam Schwenckendorff von einer Tankstelle? Sie wusste nicht, wie sie ihn anders loswerden konnte, als ihm zuzuhören.

Der Investor seufzte, und es war die ganze Last einer betrogenen Kindheit in diesem Seufzer.

»Als ich ein kleiner Junge war, hat er niemals mit mir gespielt. Die Zehen seiner Füße waren ihm in Sibirien erfroren, er humpelte für den Rest seines Lebens. An Fußball war nicht zu denken. Und ich hätte gern mit ihm Fußball gespielt. Doch ihm machte das nichts aus, er war sogar stolz auf seinen Kriegsversehrtenausweis. Er rief mich zu sich, wenn er nachmittags nichts zu tun hatte. Ich musste auf seinem Schoß sitzen. Dann begann er von den Reichtümern zu erzählen, die er mit der Gräfin versteckt hatte. *Wir sind reich, mein Sohn*, sagte er. *Unsagbar reich. Wir müssen nur noch das Haus finden. – Welches Haus?*, fragte ich. Dann legte er seine Stirn in Falten und schüttelte den Kopf. Manchmal schlug er sich mit der geballten Faust gegen den Schädel, damit es ihm wieder einfiele. Doch die Erinnerung war erloschen. Oder er redete Unsinn. *Wir sind reich, Siegbert*, sagte er trotzig. *Ich weiß, dass ich die Bilder in den Keller getragen habe. In all den Nächten der Verdunkelung. Die Gräfin war da.*

Als ich zehn Jahre alt war, da glaubte ich ihm nicht. Ich wollte rausgehen und spielen. Ich ekelte mich vor ihm. Ich hielt ihn für verrückt. Weißt du, wie das ist, Katinka, den eigenen Vater für verrückt zu halten, weil er einem jahrelang von irgendwelchen Bildern erzählt? Meine Mutter hat ihm oft den Mund verboten, wenn er am Mittagstisch damit anfing. Selbst vor den Nachbarn hat er damit angegeben, und Speichel tropfte aus seinem Mund. Wir alle dachten, dass er in der Gefangenschaft seinen Verstand verloren hatte. Doch als ich ein junger Mann wurde, da fing ich an zu recherchieren. Denn es waren wirklich Bilder versteckt worden, jeder wusste davon.«

»Hier gibt es keine Bilder«, sagte Katinka, aber sie wusste schon, dass es nutzlos war. »Hier gibt es auch keine Gräfin. Dies ist nur ein Hotel voller Schulden. Lassen Sie uns in Ruhe.«

Schwenckendorff auf der anderen Seite der Tür lachte leise. Es war ein höhnisches Lachen. Es war das Lachen eines Mannes, der für Bitten oder Argumente nicht mehr erreichbar war.

»Keine Gräfin. Sondern eine Baronin. Wäre sie nicht nach deiner Geburt aus der Stadt verschwunden, ich hätte dieses Haus viel rascher gefunden. Denn ich habe alle Häuser in dieser Gegend systematisch durchsucht. Nur deshalb bin ich Investor geworden. Immobilienmakler. Ich habe die Häuser aufgekauft und renovieren lassen. Die Keller wurden durchsucht. Die Wände wurden eingerissen, abgetragen, zertrümmert. Ich wollte den Schatz finden, vom dem mein Vater jahrelang faselte. Jahrzehntelang, bis zu seinem Tod. *Versprich mir, die Bilder zu finden*, hat er mir zuletzt, auf seinem Totenbett, aufgetragen. *Ich habe nie wieder eine solche Schönheit gesehen*, hat er geflüstert. *Das gab es im Krieg nicht. In der Gefangenschaft nicht. Nur diese Schönheit hat mich am Leben erhalten.* Mein Vater! Der Schuster und ehemalige SA-Rottenführer Friedrich Schwenckendorff. Der verrückt und verkrüppelt aus der Kriegsgefangenschaft zurückgekommen war und nie aufhören konnte, an die Bilder zu denken, und der vergessen hatte, wo er sie versteckt hatte.«

Wieder dieser leichte Hauch von Benzingeruch. Katinka war kalt. Sie saß mit angezogenen Knien an der Zimmertür, weit genug weg, sodass Schwenckendorff sie nicht erreichen konnte. Und doch nicht weit genug weg, um dem Bann seiner Stimme zu entkommen. Sie folgte ihm in die Abgründe seiner Kindheit. Sie spürte seinen Ekel vor dem Vater, wenn seine Stimme zitterte. Sie hatte Mitleid, und dieses Mitleid lähmte sie. Schlimmer noch, sie hoffte auch auf sein Mitleid.

»Es muss auch einmal vorbei sein, Herr Schwenckendorff«, sagte sie. »Ihr Vater ist daran zugrunde gegangen. Sie sind jetzt selbst ein kranker Mann, der sich in eine Idee verrannt hat. Lassen Sie los.«

»Ja, Katinka. Ich lasse los. Du glaubst nicht, wie recht du hast. Heute ist die Nacht, in der ich endgültig loslasse.«

Der Investor hatte seine kraftvoll sonore Stimme wiedergewonnen. Er stand auf und reckte sich.

»Man wird nicht jünger«, sagte er. »Aber ich werde mich ohnehin zur Ruhe setzen, wenn dies hier getan ist. Und weißt du, weshalb? Weil ich dieses Haus hasse, mehr als alles andere auf der Welt hasse. Ich habe mein Leben damit zugebracht, diese Bilder zu finden. Mein Vater hat mich auf seinem Totenbett mit seinem Wahn angesteckt, er hat ihn mir vererbt. Es ist ein Fluch geworden. Was ich auch tat, was mir auch gelang, es war gleichgültig, weil ich nicht den Auftrag meines Vaters ausführte: die Bilder zu finden. Jetzt reicht es mir. Ich gebe auf. Aber dann soll niemand die Bilder bekommen!«

»Was haben Sie vor?«, fragte Katinka.

Doch Schwenckendorff gab keine Antwort mehr.

Sie hörte, dass er nach einem Behälter griff, in dem eine Flüssigkeit gluckerte. Ein Benzinkanister, dachte sie.

»Tun Sie das nicht«, sagte sie.

Schwenckendorff lachte, und sie merkte, dass er eine Grenze überschritten hatte. Er hatte den Kanister aufgeschraubt, und Katinka roch jetzt den durchdringenden Gestank des ausströmenden Benzins, mit dem er den Teppich im Flur durchtränkte.

# *Kapitel 39*

Allmählich entfernte sich das gluckernde Geräusch. Sie wusste, dass Schwenckendorff den Flur hinunterging bis zum Treppenhaus. Sie stellte sich vor, dass er eine Spur des Benzins hinterließ, und sie wusste, dass er es anzünden würde.

Doch sie wusste nicht, wann er zum Feuerzeug oder Streichholz greifen würden. Vielleicht erst, wenn er selbst schon auf der Straße stand. Oder im Hinterhof. Vielleicht aber auch schon, wenn er im ersten Stock angelangt war.

Wie viel Zeit blieb ihr noch? Wenn das Hotel brannte, dann säße sie hier in ihrem Zimmer am Ende des Flurs in der Falle. Es gäbe keinen Ausweg, kein Entkommen.

Katinka hatte furchtbare Angst, behielt aber doch einen klaren Kopf. Es gab keine Zeit zu verlieren.

Sie öffnete die Tür und rannte los. Die Benzindämpfe, die aus dem Teppichboden aufstiegen, nahmen ihr fast den Atem, doch sie konzentrierte sich nur darauf, das Ende des Flurs zu erreichen. Hinter der Ecke ging es zum Fahrstuhl und ins Treppenhaus, und dort wartete Schwenckendorff auf sie. Es musste ihr gelingen, ihm den Benzinkanister abzunehmen, ihm Feuerzeug oder Streichhölzer aus der Hand zu schlagen. Sie rannte los, und plötzlich war ihre Angst verschwunden, sie war frei. Sie rannte über das Rugbyfeld, steil an der Grundlinie entlang, um die Stürmerin zu erreichen, die den Ball auf dem Malfeld ablegen wollte. Schwaden von Nebel wehten über das Feld, doch das kümmerte Katinka nicht, sie rannte.

Als sie das Ende des Flurs erreichte und um die Ecke bog, um so rasch wie möglich ins Treppenhaus weiterzukommen, hörte sie ein blechernes Geräusch. Sehr nah.

Zu nah.

Der Kanister knallte gegen ihre Stirn, sie ging zu Boden, und im selben Moment war sie von Benzin übergossen.

Schwenckendorff lachte. »Hab gewusst, dass du kommst. Hab hier auf dich gewartet.«

Er stand über ihr und riss in aufreizender Ruhe ein Streichholz an.

Katinka drehte sich zur Seite und kickte dem triumphierenden Mann mit aller Kraft, die ihr geblieben war, in die Kniekehlen. Er knickte ein und taumelte gegen die Wand. Dabei verlor er das Streichholz aus den Fingern, ehe das Schwefelhäubchen sich entzündet hatte. Doch er fiel nicht.

Katinkas Angriff hatte ihn überrascht. Und wütend gemacht. Er war jetzt nicht mehr zu Scherzen aufgelegt.

»Na warte«, sagte er. »Mit dir werde ich auch noch fertig.«

Er trat nach ihr, als sie sich aufrappelte. Sein Fuß traf sie zwischen den Rippen, und sie wusste sofort, dass etwas gebrochen war. Doch der Schmerz ließ sich noch Zeit, und sie brauchte diese Zeit.

Rugbyfeld, sagte sie zu sich, du bist auf dem Feld, spiel dein Spiel zu Ende, lass dich nicht unterkriegen.

Sie kam wieder auf die Beine, stand vorgebeugt wie eine bullige Defensivspielerin, die den Angriff der Stürmerin erwartet. Ihre Atemzüge hoben und senkten ihren Brustkorb, und jetzt kamen die Schmerzen.

Füße in den Boden, sagte sie sich. Wegblocken, was kommt.

Sieh ihm auf die Finger, er darf die Streichhölzer nicht berühren.

Schwenckendorff kam mit Anlauf auf sie zu. Er war nicht durchtrainiert, doch massig. Und er war wütend. Und er war es gewohnt, seinen Willen durchzusetzen, egal mit welchen Mitteln. Er hatte schon andere Gegner beseitigt.

Er rammte Katinka zu Boden. Ihr Gesicht rutschte über den benzingetränkten Teppich. Jetzt fuhr der Schmerz der gebrochenen Rippen scharf durch sie hindurch. Für eine Sekunde verlor sie das Bewusstsein.

Als sie wieder zu sich kam, kniete Schwenckendorff über ihr. Sie konnte sich nicht bewegen. Seine Knie fixierten Katinkas Arme. Er schlug ihr mit der flachen Hand ins Gesicht.

»Wach auf, Mädchen. Wach du. Hier spielt die Musik.«

Sie war wieder wach. Sie atmete Benzingeruch. Und sie sah, dass Schwenckendorff jetzt das nächste Streichholz herausnestelte.

»Du wirst brennen«, sagte er. »Dein verdammtes Gesicht wird verbrennen. Dein Haar. Du wirst es nicht überleben, und wenn du es überlebst, wirst du dir wünschen, dass du tot wärest.«

Er atmete heftig, der Kampf hatte auch ihn angestrengt. Doch jetzt war er voller Vorfreude. Er liebte es, zu siegen. Er genoss das Gefühl der Macht über Leben und Tod.

Das Streichholz flammte auf, er hielt es hoch über sich, wie im Triumph. Katinka sah den Widerschein der Flamme, die gleich auf sie heruntergehen würde, doch sie hatte noch eine letzte Sekunde, und diese eine Sekunde dehnte sich wunderbar aus.

Sie atmete ein.

Sie atmete aus.

Jeder Atemzug tat ihr furchtbar weh, herrlich weh. Solange sie den Schmerz spürte, war es noch nicht vorbei.

Sie sah Schwenckendorffs aufgerissenen Mund, seine Zähne. Sie hörte seine Worte, die verlangsamt, verzerrt an ihr Ohr drangen. *Dein verdammtes Gesicht wird verbrennen. Dein Haar. Du wirst es nicht überleben, und wenn du es überlebst, wirst du dir wünschen, dass du tot wärest.*

Sie spürte seine Knie, die langsam, unendlich langsam von ihren Armen heruntterglitten.

Dann ließ er das Streichholz fallen und warf sich zur anderen Seite.

Katinka schlug die Hände vors Gesicht.

Sie roch Benzin.

Sie schmeckte Benzin.

Sie wusste, dass sie sterben würde, wenn sie jetzt liegen blieb. Hinter ihr lohte das Benzin auf, und fast im gleichen Moment war der Flur erfüllt von einer Flammenwolke.

Jetzt wusste sie, wie es sich anfühlte, im Feuer zu stehen. Die Hitze brannte ihr auf der Haut, obgleich das Feuer sie noch nicht erreicht hatte.

Steh auf, Katinka, steh auf, dachte sie. *Get up, bitch. Get. The. Fuck. Up!* Sie brüllte sich in Gedanken an, wie sie es jahrelang auf dem Rugbyfeld getan hatte, wenn sie ein Spiel gewinnen wollte. Doch diesmal ging es nicht darum, ein Spiel zu gewinnen, sondern darum, am Leben zu bleiben. Sie versuchte aufzustehen, um der aufschießenden Feuerwolke zu entkommen, doch in ihrer Panik rutschte sie aus.

Sie hörte Schwenckendorff die Stufen im Treppenhaus herunterrennen, sein nachhallendes Lachen. Dies war das Gelächter eines Mannes, der die gewohnten Bereiche der menschlichen Vernunft hinter sich gelassen hatte und seine neue Freiheit genoss.

In diesem Moment hörte sie eine innere Stimme, die sie noch nie gehört hatte. *Steh auf, Katinka, mein Liebes. Steh auf. Du kannst es.*

Die Stimme war weich und leise und trotzdem von großer Kraft. Diese Stimme glaubte an sie.

Katinka stand sofort auf. War mit einem Satz drüben beim Fahrstuhl, riss die Tür auf und schlüpfte hinein, ehe die Flammen sie erreichten und ehe die Schmerzen sie niederwarfen. Sie dachte noch an die Anweisung im Hotelzimmer: Bei Feuer niemals den Aufzug benutzen!

Doch die weiche Stimme in Katinka sagte: *Gut gemacht, mein Mädchen, du bist in Sicherheit.*

Sie drückte auf den Knopf E, und der Fahrstuhl setzte sich keuchend in Bewegung. Die Ziehharmonikatür klappte zu, der Aufzug ruckte an, sie fuhr nach unten. Sie konnte den Widerschein der Flammen noch sehen.

Sie tastete sich über Haare und Gesicht, ob sie vom Feuer versengt wäre. Nein, sie war in Ordnung. Wie durch ein Wunder war ihr nichts geschehen. Nichts außer wahrscheinlich zwei gebrochenen Rippen.

Sie musste die Feuerwehr rufen. Sofort. Sonst brannte das Hotel ab. Der Fahrstuhl senkte sich in quälend langsamer Bewegung. Sie konnte die Halteseile und Gegengewichte geradezu spüren, doch es gab keine Mittel, dass es schneller ginge. Sie kauerte sich in den Winkel und atmete durch. Jeder Atemzug ein scharfer Schmerz.

*Bleib wach, mein Mädchen, du hast es gleich geschafft.*

Sie passierte die zweite Etage. Hier war es dunkel.

Sie fuhr an der ersten Etage vorbei.

Endlich erreichte sie das Erdgeschoss. Sie hörte das Telefon in der Rezeption klingeln.

Der Fahrstuhl ruckte, als er den Haltepunkt erreichte. Die Ziehharmonikatür faltete sich, Katinka stieß die eiserne Tür des Aufzugs auf.

Sie sah die Gestalt von Schwenckendorff, der an der Eingangstür stand. Er wartete auf sie. Zehn Meter von ihr entfernt. Er hielt ihr eine Faust entgegen, aus der sein Mittelfinger emporragte.

»Dein Hotel brennt!«, rief er, und in seiner Stimme schwang ein irrer Triumph. »Ich hatte gehofft, dass du dort oben mit verbrennst. Aber egal! Umso besser! Der ganze alte Kasten wird abfackeln. Dann ist die Sache auch erledigt. Hol dich der Teufel, Katinka. Dieses Haus kriegst du nicht. Und die Bilder werden auch verbrennen. Du wirst dafür in der Hölle schmoren für den Rest deines Lebens. Denn *du* hast das Hotel angesteckt, ich werde es überall erzählen. Sie werden dich einsperren. Hol dich der Teufel.«

Zehn Meter. Sie wusste im Bruchteil einer Sekunde, was zu tun war. Noch während Schwenckendorff in seinem lodernden Wahn redete, rannte sie auf ihn zu. Mit gesenktem Kopf. Wie ein Bulle, der endlich angreift. Der all seine Schmerzen hinter sich lässt.

In ihr war die weiche und ruhige Stimme. *Du bist schnell. Du hast die Kraft. Mach ihn fertig.*

Sie erreichte Schwenckendorff, als er sich zur Tür wandte. Mit dem Kopf voraus rammte sie seine Flanke. Sie legte ihr ganzes Gewicht in diesen Stoß. Sie hörte ihn aufstöhnen, denn mindestens zwei seiner Rippen brachen unter ihrem Ansturm. Sie hatte einen harten Schädel, und es tat ihr selbst furchtbar weh.

Das Telefon an der Rezeption klingelte immer noch.

Der Investor sackte an der Eingangstür zusammen. Sie sah sein Grinsen und schlug mit einer Faust darauf. Irgendwie wartete sie darauf, dass das Spiel abgepfiffen würde, doch es kam kein Pfiff, nur die weiche Stimme, die sagte: *Es ist gut, lass jetzt, er steht nicht mehr auf.*

Katinka hörte diese Stimme nicht. Sie ging im Telefonklingeln und in den aufflammenden Sirenen der Feuerwehr und in ihrer siedenden Wut unter.

Sie schlug auf Schwenckendorff ein, bis ihr die Fäuste schmerzten. Und sie trat gegen seinen Bauch, als er sich längst wie ein Embryo zusammengerollt hatte. Aus seinem Mund sickerte Blut.

Katinka trat auch noch zu, als sie schon von ihm fortgerissen wurde. Vier kräftige Hände packten sie an den Schultern und zogen sie weg vom wimmernden Schwenckendorff.

»Mädchen, Schluss jetzt«, sagte ein Feuerwehrmann. »Wir müssen hier durch. Ihr könnt euch woanders prügeln.«

Auf der Straße stand Frau Damaschke im wehenden Nachthemd und dirigierte die anfahrenden Löschfahrzeuge. Sie hatte das Feuer zeitig bemerkt und sofort die 112 gewählt. Ein ganzes Leben hatte sie auf diesen Moment gewartet. Sie wusste, dass sie jetzt eine Heldin war. Die Retterin der Schlüterstraße. Sie würde in die Zeitung kommen, auf die Titelseite.

Die Feuerwehrmänner gehorchten ihren Anweisungen. Schläuche wurden entrollt und angeschlossen. Leitern ausgefahren. Ein Trupp Feuerwehrmänner mit Atemmasken und Äxten stürmte ins *Marabu*.

»Dritter Stock«, sagte Katinka. »Benzin. Es war alles voller Benzin, es ist alles in Flammen aufgegangen.«

Schwenckendorff, der auf einer Notarzttrage versorgt wurde, richtete sich unter großen Schmerzen auf. Er wies mit dem Finger auf Katinka. »Sie war es! Sie hat das Haus angezündet! Ich bin Zeuge, ich habe es gesehen!«

Katinka wollte wieder auf den Investor zustürmen, um ihn endlich zum Schweigen zu bringen. Doch ein Polizeibeamter hielt sie mit geübtem Griff fest. »Immer mit der Ruhe«, sagte er.

Die Schlüterstraße war erfüllt vom flammenden Blaulicht der Feuerwehr- und Polizeifahrzeuge. Scheinwerfer wurden aufgestellt und erleuchteten gleißend hell die Fassade des *Marabu*. Oben im dritten Stock brach ein rötliches Flammentosen aus den Fenstern, eine Feuergischt, die längst auf den Dachstuhl übergegriffen hatte.

»Ist noch jemand im Haus?«, rief ein Feuerwehrmann über Megafon gegen die Fensterreihe. Doch die Fenster in den Etagen blieben dunkel, und Katinka fürchtete sich plötzlich vor dem Moment, wenn die Flammen auch aus diesen Stockwerken schlagen würden. Sie dachte an die Bilder in der Suite der Baronin. Wo war sie überhaupt? *Es ist alles gut*, sagte die leise, ruhige Stimme in ihr, und plötzlich wusste Katinka, dass es die Stimme ihrer Mutter war, ihrer wirklichen Mutter, die sie nie hatte sprechen hören, doch von nun an würde diese Stimme bei ihr sein.

Immer noch stand Frau Damaschke mit hoch erhobenen Armen mitten auf der Straße und versuchte, den Verkehr zu regeln. Sie wurde mehrmals von Polizisten an die Seite gebracht.

Endlich stürzte ein Reporter auf sie zu. Sie redete mit fliegendem Atem auf ihn ein. »Ich habe alles gesehen. Alles. Das

Feuer. Es gab einen Kampf. Dieses Haus ist vom Teufel besessen, das kann ich Ihnen sagen. Das müssen Sie Ihren Lesern mitteilen. Dieses Haus steht unter keinem guten Stern. Wir Nachbarn haben das lange schweigend mit angesehen und erduldet. Doch dann starb der junge Herr Schwartz. Und von da an ging alles bergab. Das kann ich Ihnen sagen. Ich konnte keine Nacht mehr ein Auge zutun. Was ich gelitten habe, das können Sie sich nicht vorstellen.«

Der Notarztwagen mit Schwenckendorff fuhr davon. Katinka blieb. Bis auf die Schmerzen in den Rippen war sie unversehrt, stand aber unter Schock. Jemand legte ihr eine Decke über.

»Sie haben Riesenglück gehabt, wenn das alles so richtig ist, was Sie uns geschildert haben«, sagte der Polizeibeamte, der ihre Aussage aufnahm. Er schüttelte den Kopf. »Was für ein Irrsinn, in einer solchen Situation in den Fahrstuhl zu flüchten! Das geht in neunundneunzig Prozent aller Fälle tödlich aus.«

»Was wird denn nun?«, fragte sie. Ihr klang noch Schwenckendorffs Drohung in den Ohren, er würde ihr den Brand anhängen.

»Brandstiftung ist eine schlimme Sache«, sagte der Beamte. »Da verstehen die Gerichte überhaupt keinen Spaß. Dafür wandert man für viele Jahre hinter Gitter.«

»Aber ich war's nicht«, sagte sie.

»Machen Sie sich mal keinen Kopf darum. Wir haben Spezialisten, die nichts anderes tun, als Brandstiftungen zu ermitteln. Die werden sicher zu einem belastbaren Ergebnis kommen.« Er betrachtete sie mit einem Anflug von Mitleid. »Dies ist das Hotel Ihres Vaters?«

»Mein Vater ist vor wenigen Wochen gestorben«, sagte sie. »Eigentlich sollte ich das Hotel erben.«

Sie schaute hinauf in den dritten Stock. Die Feuerwehrmänner hatten den Brand bereits unter Kontrolle. Wo eben noch eine rote Flammenwand stand, quoll nun dichter schwarzer Qualm aus den Fenstern. Auch aus dem Dachstuhl zog eine Rauchwolke. Doch die Feuerwehrleute richteten mehrere Wasserdüsen auf den Brandherd und weichten die oberen Geschosse mit Wasser und Schaum ein.

»Das Haus ist hinüber«, flüsterte Katinka.

Der Polizeibeamte nickte. »Wenn Sie nicht bestens versichert sind, können Sie das Haus vergessen. Das braucht Jahre, bis das renoviert ist. Das kann keiner mehr zahlen.«

Katinka zuckte mit den Schultern. Sie war einfach nur müde, und jeder Atemzug tat ihr weh. Und sie war glücklich, dass sie die Bilder, die sie zusammen mit der Baronin wiedergefunden hatte, rechtzeitig fortgebracht hatten. Der hellgraue Rolls-Royce war geräumig, und trotzdem hatten sich die Mappen und Koffer und Bündel bis unter das Dach des Wagens gestapelt. An jenem Abend hatte sich die Baronin von Katinka verabschiedet. Da ahnten die beiden noch nicht, dass Schwenckendorff wiederkommen würde.

# Kapitel 40

Katinka lag vier Tage im Krankenhaus, um die angebrochenen Rippen ausheilen zu lassen. Es war dasselbe Krankenhaus, in dem ihr Vater gestorben war, was ihr noch zwei schlaflose Nächte bereitete. Doch das lag auch daran, dass die Rippen jedes Mal schmerzten, wenn sie sich auf die andere Seite drehen wollte.

Als sie das Krankenhaus verlassen durfte, ging sie noch am selben Tag zum Notar Dr. Dörner.

»Schön, dass du kommst«, sagte der Notar. »Ich hätte mich sonst an dich gewendet, denn übermorgen läuft die Frist ab. Wenn du das Erbe nicht ausschlägst, dann geht alles an dich über, wie auch immer der Stand zurzeit ist.«

»Ich habe mich entschieden«, sagte Katinka. »Ich schlage das Erbe aus. Ich kann die Schulden nicht übernehmen. Was mein Vater da angestellt hat, kann ich nicht recht nachvollziehen. Vielleicht war er einfach naiv, und das wäre ich auch, wenn ich von heute auf morgen das Hotel übernehmen würde. Er hätte es wissen müssen. Er hat jahrelang neben seinem Vater das Handwerk gelernt. Aber die Rechnungen, die sich in seinem Büro ungeöffnet und unbezahlt stapelten, die haben mir echt den Rest gegeben.«

»Völlig verständlich«, sagte Dr. Dörner. Er wirkte geradezu erleichtert. »Ich habe viele Familienbetriebe als Klienten, die vor einer ähnlichen Frage stehen. Es geht dann um mehr als um eine rein wirtschaftliche Rechnung. Doch was im *Marabu* vorgefallen ist, das erlaubt natürlich keine Fortführung der Geschäfte.«

»No way«, sagte sie. »Das dritte Stockwerk und ein Großteil des Dachstuhls sind so gut wie ausgebrannt.«

»Dann werde ich deinen Verzicht dem Gericht zustellen«, sagte der Notar, als Katinka das Formular unterzeichnet hatte. Sie fühlte sich noch im selben Moment erlöst.

»Doch es ist auch ein Jammer um das Hotel«, sagte er in ihr langes Schweigen hinein. »Ich bin gern dort gewesen. Und ich möchte nicht wissen, was sie jetzt daraus machen. Ach, die rote Couch in der Lobby! Und die grünen Tapeten. Das gibt es doch sonst nirgends mehr.«

Katinka strich sich das Haar aus der Stirn. Sie hatte sich lang gegen diesen Moment gewehrt. Sie hatte aufgegeben. Sie hatte das Hotel aufgegeben. Doch jetzt war es gut.

»Ich gehe mit leeren Händen«, sagte sie beim Hinausgehen. »Es fühlt sich gut an. Ich habe viel verloren. Aber auch viel gewonnen. Eine Großmutter beispielsweise. Eine Mutter auch, jedenfalls ein Gefühl für sie. Aus mir kann echt noch was werden.«

# *Kapitel 41*

Die Bilder wurden der Berlinischen Galerie übergeben, unter der Bedingung, dass sie so bald wie möglich gezeigt würden. »Lasst sie, wie sie sind«, sagte die Baronin. »Keine Rahmen, keine aufwendigen Hängungen. Zeigt sie so, wie sie über siebzig Jahre überlebt haben.«

Die Ausstellung zwei Wochen später wurde zu einer Sensation weit über die Stadt hinaus.

Die Baronin von Rochlitz liebte den großen Auftritt. Sie ließ Katinka von Zazies Wohnung mit dem Rolls-Royce abholen. Katinka hatte Zazie hundertmal um Entschuldigung bitten müssen, ehe sie sich versöhnlich zeigte. »Selbst wenn irgendwas gewesen wäre mit mir und Finley, die Nummer mit dem kalten Wasser war zu viel. Ich bin echt fast gestorben! Das war der Schock meines Lebens.«

Katinka nickte zerknirscht. »Ich mach es bestimmt nicht wieder.«

Zazie war noch lange nicht fertig mit ihr, aber nach zwei Wochen konnten sie sich wirklich wieder vertragen.

Als Katinka zustieg und sich neben die Baronin setzte, fühlte sie eine warme, schwarze Bewegung neben sich, und sie hörte ein sanftes, aber kraftvolles Knurren.

»Du wirst auf ihn achtgeben, während ich meine Rede halte«, sagte die Baronin. Sie reichte Katinka eine Leine, die im Dunkel des Fonds glitzerte.

»Entschuldige bitte, aber ich glaube, du spinnst«, sagte Katinka.

»Keineswegs«, sagte Frau von Rochlitz.

»Es ist ein Raubtier«, sagte Katinka, und ihre Stimme zitterte ein wenig.

Der Panther hob aufmerksam seinen Kopf, als wüsste er, dass über ihn gesprochen wurde.

»Natürlich«, sagte ihre Großmutter. »Das ist der Reiz dabei. Und jetzt lass uns in die Ausstellung gehen.«

Die Aquarelle hingen an unverputzten, brüchigen Wänden, doch ihre Farben glühten intensiv wie am ersten Tag. Sie wirkten unschuldig und nichts ahnend, weil sie in den Jahren vor dem Krieg entstanden waren und von seinem Grauen noch nichts wussten.

Andere Bilder, Zeichnungen und Ölgemälde, spürten den herannahenden Krieg. Eilig hingeworfene Skizzen erzählten vom Terror der Nazis, die Nachbarn von der Straße holten und in Kellern folterten. Selbstporträts von Künstlern, die in den Spiegel schauten und nicht weiterwussten. Sie waren erschöpft von den Verfolgungen, von Berufsverbot und Armut.

Die jüdischen Bilder zeigten den Judenstern und leere Parkbänke. Sie zeigten die Bahnhöfe, von denen Sonderzüge abfuhren, im kalten Morgengrauen. Gebeugte Gestalten hatten sich eingefunden mit einem Gepäckstück. Sie wussten nicht, wohin die Fahrt ging, doch ihre Gesichter waren starr vor Angst.

Und es gab die frischen, lebenslustigen Bilder, die einige Jahre vor der Naziherrschaft entstanden waren. Jazz-Szenen mit wild tanzenden Paaren, gerafften Röcken, einem kraftstrotzenden Saxofon.

»Wir haben für diese Bilder gelebt«, sagte die Baronin in ihrer

Eröffnungsrede. »Wir haben sie versteckt, weil wir wussten, dass nicht nur ihre Schöpfer und Eigentümer gefährdet waren, sondern auch die Bilder selbst. Wir wollten, dass diese Bilder die Jahre des Grauens überleben, weil sie viel wissen aus jener Zeit und aus den Jahren davor. Diese Bilder sind unser Leben. Die Kunst ist unser Leben.

Manche der versteckten Bilder sind später, nach dem Krieg, von den Eigentümern abgeholt worden. Es gab Maler, die im Exil überlebten und in den Jahren danach nach Berlin kamen, um ihre Zeichnungen und Gemälde, die wir wie verabredet für sie verwahrt hatten, wieder abzuholen. Doch das ist leider nur ein geringer Anteil. Die meisten Bilder haben keine Besitzer mehr, weil ihre Schöpfer oder ihre Eigentümer in Gefängnissen, Lagern oder in den Kellern dieser Stadt umgebracht wurden. Auch ihre Familien. Nun sind diese Bilder da und warten auf ihre Eigentümer. Wir werden sie aufbewahren, bis alle Erben gefunden worden sind. Das ist die Verabredung, die ich damals, in jenen Nächten der Verdunkelung und des Bombenkriegs und des Terrors, mit den Künstlern und ihren Freunden getroffen habe. Ich halte mich daran. Haltet auch ihr euch daran.«

Sie erhielt den gebührenden Applaus, und Katinka hätte ebenfalls gern geklatscht. Doch sie wagte nicht, die Leine des Panthers zu lockern. Es war ein friedliches Tier, das hatte die Baronin mehrfach und nachdrücklich versichert. Trotzdem, man konnte nie wissen.

Die Besucher der Ausstellung hielten einen großen Abstand zu Katinka. Es wurde getuschelt.

Sie ging mit dem Panther an allen Bildern entlang, und stets entstand ein freier Raum um sie. Der Panther interessierte sich nicht für die Bilder, nicht einmal für jenes, das aus dem Bibliothekszimmer gerettet worden war. *Das Lächeln des Panthers.*

Als sie davorstand, legte sich eine Hand auf ihre Schulter, sachte.

»Ich möchte dir versichern, dass ich deine Entschuldigung, um die du mich gleich bitten wirst, annehme«, sagte Finley. Er trug sein schwarzes Jackett und ein dunkelblaues Seidenhemd. »Ich meine es ernst. Es tut mir auch etwas leid, dass du Zazie und mich so gefunden hast. Aber es ist nichts gewesen. Denn ich habe dich den ganzen Abend lang gesucht. Wenn nicht sogar mein ganzes Leben.«

Der Panther schaute ihn nur kurz an. Er machte einen zögernden Schritt zur Seite, dann einen weiteren Schritt, die Tatzen glitten lautlos über das blanke Parkett, die diamantene Leine spannte sich einen winzigen Moment lang, dann gab sie nach. Das schöne, muskulöse Tier schritt frei durch die Gruppen der Ausstellungsbesucher. Man wusste nicht, was er suchte. Die Leine schleifte achtlos hinter ihm her. Niemand fühlte sich aufgerufen, sie aufzunehmen.

Katinka lag in Finleys Armen. Der Panther war ihr egal, die Ausstellung war ihr egal, sie wollte diesen gut aussehenden jungen Mann küssen, und das tat sie.

Die Baronin, die im Gespräch mit dem Bürgermeister war, schaute kurz zu den beiden hinüber und nickte. Der Panther erreichte sie und legte sich zu ihren Füßen nieder.

# *Epilog*

Nach der Ausstellungseröffnung kehrte Katinka nach Schottland zurück und wiederholte die Abschlussklasse.

Es dauerte sehr lange, bis die Albträume vom Hotelzimmer aufhörten. Oft schreckte sie schreiend auf, wenn die Hand im schwarzen Handschuh sich auf die Türklinke von Zimmer 318 legte. Wenn die Tür sich einen Spalt öffnete und der katzenhafte Blick ins Zimmer tastete. Der Blick auf ein Mädchen, das im Bett lag und eben die Augen öffnete.

Im Winter wurde sie als Zeugin im Prozess gegen Schwenckendorff geladen. Sie erzählte die ganze Geschichte noch einmal. Sie hatte sie schon hundertmal erzählt, doch auch jetzt traten die Bilder vom Feuer im dritten Stock, von seinem triumphierenden Lachen und ihrer unermesslichen Wut wieder ganz nah an sie heran.

Sie schlief bei Zazie, als sie in Berlin war. Zazie arbeitete mittlerweile an der Rezeption des *Waldorf Astoria*. Eines Nachmittags fuhren sie beide hinüber zur Schlüterstraße und schauten auf das Grundstück, auf dem das *Marabu* gestanden hatte. Der Brand hatte das Gebäude so schwer beschädigt, dass vom dritten Stock nichts gerettet werden konnte. Die beiden unteren Etagen und das Erdgeschoss wurden entkernt. Die schmalen Gänge und Flure, die anspruchslosen Zimmer, Frühstückssaal und Bibliothekszimmer waren für immer verloren. Doch die Bilder waren gerettet.

Schwenckendorff wurde für voll schuldfähig erklärt und bekam acht Jahre hinter Gittern. Bei der Urteilsverkündung saß Katinkas Stiefmutter im Publikum und begann zu weinen, als die Höhe der Strafe genannt wurde. Katinka wartete danach im Flur des Gerichts auf sie, um sich zu verabschieden. Ihre Stiefmutter sah alt aus, und sie schien zu viel zu trinken. »Ich werde auf ihn warten«, sagte sie.

Im Frühsommer gewann Katinka mit ihrer Rugbymannschaft den begehrten Schulpokal, und ihre legendären Tacklings in der Defensive sicherten diesmal den Sieg gegen die Glasgower Auswahl. Und im Sommer meinte sie, eine winzige Träne in Miss Cunninghams Augen zu erkennen, als sie ihr das Abschlusszeugnis überreichte.

Katinka zog zum Studium nach London. Nicht nur wegen des Studiums, ehrlich gesagt, sondern auch, weil Finley dort wohnte. Sie war neugierig auf die Stadt und auf ein Leben mit Finley.

Es war ein Morgen im Juni, als sie aufwachte und wusste, dass sie nicht mehr davon geträumt hatte. Es war vorbei. Sie beugte sich über Finley und küsste ihn wach.

»Was willst du heute machen?«, fragte er beim Frühstück.

Katinka zuckte mit den Schultern.

»Nichts«, sagte sie. »Es ist einer dieser Tage.«

»Was meinst du damit?«, fragte Finley.

»Es ist einer dieser Tage«, sagte Katinka, »an denen man nichts zu tun hat, als glücklich zu sein.«

# Nachbemerkung

Dies ist ein Roman. Die Personen und die Orte sind fiktiv. Dennoch gibt es für das *Marabu* ein Vorbild: das Hotel *Bogota* in der Schlüterstraße 45 am Kurfürstendamm, das Ende 2013 seinen Betrieb einstellte. Es war ein besonderer Ort in Berlin. Seinem Andenken ist dieser Roman gewidmet.

Für hilfreiche Anmerkungen, Hinweise und Gespräche möchte ich herzlich danken: Bonnie, Kira und Hanna, Sabine Kalff, Angela Heuser, Pauline und Michaela Klein, Julia Ritter, Bettina Kurth, Annette Schmidl, Dirk Lausch und Thomas Hämpel. Für ihre fast unerschöpfliche Geduld danke ich meiner Lektorin Claudia Müller.

# *Quellenangaben*

Seite 5: Rudolf Klehr: Das Lächeln des Panthers. In: Rudolf Müller-Schwefe / Eva Schott (Hg.): *Komm schwarzer Panther, lach doch mal.* Frankfurt am Main: Suhrkamp Taschenbuch Verlag, 1981.

Seite 13: Robert Burns / James Watson: Auld Lang Syne (Should auld acquaintance be forgot). Zitiert nach: Burns, Robert: *Selected Poems and Songs*. Oxford: Oxford University Press, 2014 (= Oxford World's Classics).

Seite 32 und 105 / 106: Rainer Maria Rilke: Der Panther. In: *Rainer Maria Rilke. Die Gedichte*. 9. Aufl. Nach der von Ernst Zinn besorgten Edition der Sämtlichen Werke, Insel Verlag 1957. Frankfurt am Main: Insel Verlag, 1986 / 1997.

Seite 156: Friedrich Liechtenstein: Supergeil. Der Tourist: Supergeil. Feat. Friedrich Liechtenstein. © 2013 Starlight Musik, under exclusive license to Universal Music Domestic Pop, a division of Universal Music GmbH.

3,–

1910